Fan
ファン文庫

あやかしだらけの託児所で働くことになりました

著　杉背よい

JN191015

マイナビ出版

CONTENTS

『第一話　いないはずのおともだち』

1

ひらりと風に舞った桜の花びらが、創士を目がけるように落ちてきた。俯《うつむ》いて歩いていた創士《そうし》は足を止め、一度空を見上げてからすぐに花びらの落ちた地面に視線を戻した。

「あ……」

思わず目の前に落ちてきた花びらを手に取り、その美しい淡い色を手のひらの上にのせて眺める。先ほどまでの創士は口をきつく結んだ強張った表情をしていたが、花びらを手にするといくぶん緩やかになる。

「きれいだな……」

創士はひとりつぶやくが、またすぐに苦々しい顔つきになった。まるでその苦悶の表情が元々の顔つきであったかのように。

創士の頭上には、見事な桜が咲き誇っていた。その桜にも目を留めないほどに、創士は俯いて歩いていたのだ。

（桜の咲く季節は嫌いじゃないけど、今は素直に喜べそうにない）

春は別れの季節。そして出会いの季節。

新生活の始まりの季節――。

そのどれもが、創士を苦しめていた。


「いつまでも、うじうじ悩んでても仕方ない」

自分を奮い立たせるようにそう言うが、創士はまだ立ち直ってはいない。完全に立ち直るにはもう少しまとまった時間が必要だった。

難しいとわかってはいたが、教員採用試験に玉砕した。その後私学教員の試験をいくつか受けたが、一番の志望校には入れなかった。

合格をもらった学校も、育児休暇中の教員の代わりを務める臨時採用だった。

「これからどうするかな……」

臨時採用が終わったらまた次の臨時採用。そんな風に渡り歩いてチャンスを待つ人も少なくないと言う。

あるいは塾業界への就職を考えるべきか。

あとは――。

考えれば考えるほど、答えがわからなくなった。

試験に失敗してから家でため息ばかりついている創士に母親が声をかけた。

「ちょっと気分転換に散歩でも行ってきたら？」

寝転んで本をめくっていた創士は顔を母親に向けた。

母親ができるだけさりげない口調で創士に話しかけてくれているのがわかったからだ。

「……そうだね。そうしようかな」

素直に体を起こすと、創士は身支度を調えた。冬のコートを出しかけて、もう季節は春になっていたのだと気付く。創士が家の中で思い悩んでいる期間は、短いようで長かったのかもしれない。

母親がひっそりと嬉しそうな微笑《ほほえ》みを浮かべるのを、創士は目の端に捉えた。

「行ってきまーす」

わざと元気のいい声を出し、玄関先で靴を履く。

（さてと、でもどこへ行こうか……）

創士の頭も心も空っぽだった。大学を卒業するまでは目標があった。目標に向かって一心不乱に進んでいるときは迷いがなかった。

もちろん、まだ結果がわからない苦しい状態ではあったけれど、目標を失ってしまった現在のほうが辛いと知った。

「……たまには街まで行ってみようかな」

図書館や書店、勉強するために立ち寄ったファストフード店以外に創士はずいぶん長いこと街をぶらついたりはしていなかった。

口に出してみると何だか気持ちが軽くなり、どこか浮き足立って最寄り駅の改札口を通った。


「間もなくさくら中央、さくら中央」

電車で二十分ほど揺られると、この地域の文化の中心部である比較的大きな街に着く。ショッピングモールも、映画館も、飲食店も揃っているこの街には多くの人が集まり、いつも賑わっていた。

創士にとっては、転々と引っ越してきた土地のひとつに過ぎないが、この街にはそれなりの思い出がある。

高校生のときに現在の土地に引っ越してから、友達との約束や映画、買い物などのために頻繁にこの街を訪れた。

「何だか懐かしいな……」

最近は友達と飲んだりすることもなく、特に欲しい物もないので買い物にも来なかった。

もちろん大学生のころはアルバイトもせずに一生懸命に試験に向けて取り組んできた。そうすることが結果への近道だと信じて疑わなかった。

「あーあ。僕の学生生活って何だったんだろう」

ふと、恨み事が口をついて出てくる。

創士は自然と人が吸い込まれていくショッピングモール側ではなく、反対側に足を向けていた。

新設されたショッピングモールとは対照的に、昔ながらの商店街がある。

(こんなところに、こんなにたくさん店があったんだ……)

よく知っている街だと思っていたが、知らない店ばかりが軒を連ねる。

食堂、和菓子屋、金物屋——そのどれもが昔からあるに違いない店ばかりだった。

「目的がないっていうのも、案外いいものかもな……」

当てもなくひとつひとつの店を覗いていると、創士はいつの間にか寛いだ気持ちになっていた。

「よかったらどうぞ」

昔ながらの八百屋の軒先を覗いたところで、人のよさそうなおばさんが創士の手のひらにみかんを載せてくれた。

「あっ……あの……」

何か買わなくては、と慌てていると、おばさんはおかしそうに笑う。

「気を遣わなくていいのよ。味見して、気に入ったらまた買いに来て」

「あ……ありがとうございます」

おばさんに一礼すると、創士は店を離れた。

穏やかな気持ちだった。久しぶりに外に出て、暖かな外気と人の優しさに触れた。ささくれ立っていた心が少しずつ回復していくのが自分でもわかった。

（どこかで食事かお茶でもしようかな）

創士はそんな気分になり、辺りを見回す。

するとちょうど見計らったように、創士の目の前に看板が出ていた。

『喫茶叶』

きっさ、かのう？

ずいぶん古そうな外装だった。重厚な木製の扉には彫刻が施され、少し暗い色の硝子が嵌《は》められているために中の様子は窺えない。

どちらかと言えば入りにくい雰囲気――。

いつもの創士ならば踵を返すだろう。

しかし、ふわりと鼻を掠《かす》めるコーヒーのいい香りに吸い寄せられるように創士は扉に手をかけた。

「いらっしゃいませ」

やや鼻に抜けるような男性の声が聞こえた。こちらの警戒心をゆるゆると解くような甘い声だった。

「どうぞお好きなお席へ」

声に導かれるように創士は店内に進み入る。外観のイメージ通り、店内は西洋アンティークの調度品でまとめられていた。

臙脂《えんじ》色《いろ》のビロード張りに、木製肘掛けのついたソファに創士は腰掛ける。こういった雰囲気の内装が落ち着くのは、祖母の影響だった。

創士は母親とふたりで生きてきた。物心ついたときから父親はいなかった。

母親は、頑なに父親についての話をしなかった。

もちろん何度もその存在を訊《たず》ねた。生きているのか、死んでいるのか。何をしている（していた）人なのか。

しかし母親はいつものらりくらりとかわすだけだった。無邪気に質問できる年齢を越えた頃、創士は母親に父親の話を持ちかけるのを止めた。

（僕は死ぬまでに父さんのことを何か知ることができるのだろうか）

父親のことを思い出すと、どんなによく晴れていても突然影が差すような心の痛みを創士はしばしば感じた。何をしていても、どんなに嬉しい状況のときも突然思考に割り込むような薄い悲しみ。

とは言え、母親には感謝の気持ちしかなかったし、母親とふたりの生活も慣れてくるとそれなりに楽しかった。とうの母親は苦労したと思うが――それを考えると、創士は少しでも母親に楽をしてほしいと思っていた。

「いらっしゃいませ」

水を持ってきた店員に、創士の回想は突然中断された。そして店員の顔を何気なく見て創士は仰天した。

美男、などと簡単な言葉で片付けられるレベルではない。圧倒的な美男が目の前にはいた。

「いい季節になってまいりましたね。もう桜も満開でしょう?」

耳触りのいいテノールの声が、囁《ささや》くように言う。

(何だろう……このでき過ぎたイケメンは)

若干年齢不詳なのが気になるが、目の前の美男は完璧過ぎるほど完璧だった。思わずしげしげと観察してしまう創士の不躾《ぶしつけ》な視線を、男性は上品に微笑んで受け止めていた。

創士はまだ時間が早いけれど、ランチセットを出してくれると聞いてそれを頼むことにした。カレーとサンドイッチ、パスタのバリエーションの中から少し迷った末にカレーを選択する。

レトロな内装のせいか、初めて来た店という気がしなかった。不思議な懐かしさと既視感がこの店にはある。

「皆さんそうおっしゃいます」

にこにこと完璧な笑みを浮かべた先ほどの店員が、カレーを手にして立っていた。

「お待たせいたしました」

ことんと優しくカレーとサラダを創士の前に置く。創士は店員からカレーへと視線を上下させた。

「ありがとうございます……」

（……っていやいやいや！　僕、今、思っていたことを口に出してたっけ？）

「あの……」

言いかけた創士を店員は申し訳なさそうに見る。少し眉をひそめた顔がまた、わざとらしいほどに整っていた。美男もあまりにも整い過ぎていると逆に不安になる。

「あ、ご気分を悪くされていたら申し訳ありません。いえ、お客様が懐かしそうに店内を見てくださっていたのがわかったので、つい憶測でものを言ってしまいました」

「そう……ですか」

いずれにせよ心の中を読まれたようで、創士は複雑な気持ちになった。

「うちはかなり昔から営業させていただいているんで、何だか懐かしいと言ってくださる方が多いんですよ」

店員の口調は屈託がなく、創士は不自然さを感じなかった。

「僕もそう思ったんです。以前に来たことあったかな……って、でも引っ越してきたのはそう昔の話じゃないので多分初めてなんですけど」

何故だかこの店員の前では本心をすらすら口にしてしまう。やはり心中を見透かされているような気がする。

店員は嬉しそうに何度か頷《うなず》いた。この仕草も以前に見たことがあるような気が、不思議とする創士だった。

「ご自身が覚えていらっしゃらないくらい小さい頃に、どなたかといらしたことがおありなのかもしれないですね」

妙に慇懃《いんぎん》な口調で店員は言った。そして唐突にお辞儀をして下がってしまう。

「あ、お食事、冷めないうちにどうぞ。お喋りが過ぎました。ごゆっくり」

店員がさっさと立ち去ると、創士は空腹だったことを思い出してカレーを口に運ぶ。

「……！」

(何これ、妙にうまい！)

創士は驚愕《きょうがく》した。言い過ぎかもしれないが、今まで食べたどのカレーよりも間違いなく美味しかった。わざわざカレーを食べに行くと意気込んで出向いた何店ものカレー屋の自慢のカレーよりも遥かに美味しい。

(この男、何者だ？)

恐る恐る顔を上げると、カウンターの向こうで店員がにっこりと笑った。またも、創士の心中を見抜いているかのような完璧なタイミングだった。

このカレー、すごく美味しいです。

創士がそう言葉にして伝えようとしたそのとき、

「辰巳《たつみ》ちゃーん、悪いんだけどサンドイッチ後で持ってきてくれる？」

沈黙を割って女性が入ってきた。

長い黒髪の女性だったが、彼女も二度見するほどの端麗な容姿だった。切れ長の目は鋭すぎる印象もあるが、美女であることは間違いない。

ただその冷たい美貌に不似合いなことに、彼女はピンク色のエプロンをつけており、エプロンにはチューリップとうさぎのアップリケが縫い付けられていた。

「あ、いいですよ。いくつお持ちします？」

「三つ。お願いね」

せわしく言うと、女性は扉を閉めた。女性の背後ががやがやと賑やかだ。

覗き込むと、女性の背後に箱状のいわゆるお散歩カーがあり、その中ではピンク色の帽子をかぶった子どもたちが何人も、楽しそうに騒いでいるのだった。

「……保育士さん？」

創士が思わずつぶやくと、店員が頷いた。

「ええ。この喫茶店と同じビルの三階に託児ルームがあるんです。彼女はそこの保育士さんです」

言いながら店員はカウンターから出てきて扉を開け、

「今からお散歩かな？　いってらっしゃーい」

遠ざかっていく子どもたちに向かってにこやかに手を振った。ピンク色の帽子をかぶった小さな頭がいくつも、せわしなく揺れていた。

「ちょくちょくテイクアウトを利用してくださって、配達に行くんですよ。暇な店なのでありがたいお客さんです。配達に行くと可愛い子どもたちに会えますしね」

店員は顔を綻ばせる。子ども好きなのかな、と創士は好印象を持った。

「知りませんでした。託児ルームがあったなんて……」

「当事者にならないとなかなか気付かないものですよね」

辰巳、と呼ばれた店員はそこで少し思案顔になった。

「でも、託児ルームも慢性的な職員さん不足みたいでね……。今も募集をかけているけれどなかなか働いてくれる人がいないらしくて」

(保育士かあ)

創士は思ってもみなかった可能性に気付いた。

教員の延長で何かしら教育関係の仕事に就きたかった創士は、保育士の資格も取得していた。

(何かの役に立てば、くらいの気持ちで取っていたんだけど……)

「お兄さん、保育のお仕事に興味があったりされます？」

辰巳は急に街中のスカウトマンのような口調になる。こうなってくると妙な丁寧さがかえって怪しい。

「え、いや……実は教育関係の仕事に就きたかったんですけど全滅で……」

もごもごと創士は話し出す。初めて入った喫茶店で込み入った身の上話に発展しているのが我ながら不思議だった。

辰巳は身を乗り出す。ほんの一瞬、その目の輝きが妖しく揺れた。

「はいはいそれで、保育士免許はお持ちなんですね？」

ますますもって口調が怪しい。創士は精神的な圧力を店員から感じ取った。笑顔なのに何も言えない。

「……持ってますけど」

ぽん、と辰巳はこぶしを手のひらに当てた。

「じゃあこうしましょう。お兄さん。私と一緒にお昼のサンドイッチを届けに行きましょう。うん、それがいい」

（ちょ、この人……何を勝手に）

創士の思惑などまるで無視して勝手に話が進んでいく。創士は喫茶店に食事をしに来た通りすがりの一介の客だ。

「それで『さくらねこ』を見学して、気に入ったら応募されれば……うん、それがいいな」

「さくらねこ?」

「託児ルームの名前ですよ。託児ルーム『さくらねこ』」

暴走していく辰巳の話についていくのがやっとだったが、創士はその名前に引っかかりを感じた。本当に微かな、記憶の片隅に追いやられた何か。

(だけど何だろう? 何故だか、ひどく懐かしい気がする)

この店といい、まったく接点がないはずの託児ルームといい、今日は出会う場所にいちいち郷愁《きょうしゅう》を覚えてしまう。それが、創士は腑《ふ》に落ちなかった。自分は採用試験に落ちたショックで妙に感傷的になっているのだろうか?

創士はそう、自分自身の感情を訝《いぶか》しんでいた。

「そうと決まったら昼食の準備をしなくては。今、何時かな? 十時四十分か……まあ大丈夫だろう」

辰巳は勝手に段取りを始めた。冷蔵庫の中身を確認し、背後の戸棚を開けてパンの在庫をチェックしている。創士はこの男性に巻き込まれているというのに、手持ち無沙汰になってしまった。

(肝心の僕の都合は気にしないのだろうか?)

呆《あき》れながらも、すっかり空になったカレーの皿を見つめ、既に創士は心を決めていた。

今日気分転換のために家を出たこと。八百屋さんでおばさんにみかんをもらったこと。

今まで気づかなかった街並みに気づいて、新たな場所に足を踏み入れたこと。店主の笑顔に、心のわだかまりが解けたこと。

(今日はもう、流れに身を任せてみよう)

割り切ってみると、この店を訪れたのも偶然ではなく何かの導きのような気がした。

創士は顔を上げると、今度は揺るぎない声で告げる。

「このカレー、すっごく美味しかったです」

辰巳はまっすぐに創士の視線を受け止めると、先刻承知とばかりに笑った。

「ありがとうございます。気に入ってもらえると思っていました……なんて、傲慢ですよね」

言い終えた辰巳は、創士が返事をする前に自分でも照れたように言葉を足した。その表情がまた、憎らしいほどに綺麗で、創士よりも年上の男性であるはずなのにどこか可愛らしくも見えた。

(ずるいな)

こんな無防備な笑顔を見せる大人に、敵《かな》うわけがない。創士はそう思いながら辰巳の笑顔を見つめていた。

2

「託児ルーム『さくらねこ』」

色とりどりの模造紙を切り抜いて、うさぎや猫と一緒に飾り付けてあるドア。

創士はドアの前に立ち、再び不思議な懐かしさにとらわれた。

(何故なんだろう、さっきの喫茶店もそうだけど……)

創士は奇妙だが確実な懐かしさを感じた。ドアの内側からは賑やかな声が絶えず漏れてくる。子どもたちの声を聞くのは久しぶりだ。

自然と口元に笑みが浮かぶのを、創士は感じていた。打ちひしがれていたはずなのに、子どもたちの声を聞いたことで力が湧いてくるような気がした。

慣れた様子で辰巳がドアの横に備え付けられたインターフォンを押す。

「はい……」

応答したのは、しわがれた声だった。ずいぶんなお年寄りみたいに聞こえたので、創士は不安を覚える。

(なんだ、ここ？　おばあさんが子どもを世話してるのか？)

「辰巳です」

「あー、辰巳ちゃんね。ちょっと待って」

がちゃりと内鍵を開ける音がして、中からぬっと大きな顔が現れた。

赤ちゃんを背負ったおばあさんが、辰巳に会釈をし、そばに立っていた創士に気付いて遠慮のない視線を向けてくる。

先ほど声を聞いたところではずいぶんなおばあさんの声に聞こえたが、実物はそこまでのお年寄りではなかった。鋭そうな目は絶えずこちらを値踏みするように動き、頭の回転の良さを窺わせる。

「辰巳ちゃん、いつもありがとう。そちらの坊ちゃんは……ひょっとして新米パパさん？」

見かけはおばあさんだが、彼女の動きは身軽で話しながらひょいひょいと背中の赤ん坊をあやし、まとわりついてきた子どもをうまくあしらっていた。

すべては大人の腰ほどの木製扉越しのやり取りだ。

ゲートがないと、わんぱくな子どもたちが脱走してしまうのだろう。

「あ、いえ……僕は……」

　子どもを預けるために下見に来た父親と間違われたようだ。

「彼は三木《みき》創士くん。保育士の免許を持っていて、教育関係のお仕事に就きたいそうで。今日は見学に連れてきてしまいました」

　辰巳がにこやかに説明をしていると、

「たつみちゃん!!」

「たつみちゃーん！」

　小さなファンたちが足元に集まってくる。

　子どもたちにも「ちゃん」付けされているのか、と創士は変なところで感心した。辰巳は再び慣れた調子でひとりひとりの名前を呼びながら、頭を撫でる。

「あらそう。それはそれは……こんなところへ来てくれてありがとう」

　声はがさがさしているが、少し接してみるとおばあさんの対応には温かみがあり、創士の緊張は次第に解けていった。

「あたしがここの室長、っていうのかしら……責任者のさくらです」

　さくら先生が頭を下げると、背中の赤ちゃんも一緒にお辞儀をする形になった。その様が微笑ましくて、創士は思わずクスッと笑ってしまった。

「取りあえず中へどうぞ」

　促されて中へ入ると、あっという間に子どもたちに囲まれてしまった。俊敏な子どもたちは足音も立てず、警戒心もなく無垢な手で創士にぺたぺたと触れた。

「おにーたん」

「どうしたのー？」

「何で来たのー？」

　子どもが創士の袖を引っ張る。創士は自然としゃがんで、子どもに目線を合わせた。

創士は束の間呆気《あっけ》に取られたが、嫌な気はしなかった。

　くりくりと澄んだ目がいくつも、創士に向けられていた。

(何て答えよう……)

　ほんの少し心の中で躊躇《ちゅうちょ》してから、小さく息を吸い込む。

「んー、お兄ちゃんね、みんなとちょっとだけ遊んでもらおうかと思って」

　言い終えるや否や、あちこちで嬌声が上がる。

「ほんとうっ⁉」

「あそぶー」

あそぶ、が舌足らずであしょぶ、に聞こえる。振り返ると辰巳は女の子に囲まれていた。さもありなん、と創士は妙に納得する。辰巳の美貌は年齢を問わず女子を惹きつけるのだ。

「はいはい、君たち」

さくら先生がぱんぱんと手を叩くと、子どもたちが一瞬動きを止めた。

「このお兄さんはね、さくら先生とお話があってきてくれたの。みんなと遊ぶのはその後だからね！」

静止画のように聞き入れたのはほんの一瞬だけで、その後すぐに「ぎーやー」とさらに大きな嬌声が響く。創士はその変わり身の早さに思わずたじろいだ。

「じゃあ、お兄さんちょっとこちらへ」

さくら先生は赤ちゃんを背負ったまま、スタッフのスペースらしきゲートの向こうへ回った。それからすばやく創士を手招きする。ゲートを一瞬開け、「敵が侵入しないうちに」と言わんばかりにすぐさま閉めた。

座布団を勧められ、創士は恐縮しながら腰を下ろした。

「まずはうちの概要を説明しますね。うちは朝の七時から翌朝六時まで保育を行っています。朝から夕方までの時間保育と、夜から翌朝までの時間保育の大きく分けてふたつ。後は短時間保育も承っています」

自らも腰を下ろしたさくら先生は、「託児ルーム『さくらねこ』」のパンフレットを手渡しながらすばやく説明する。

「スタッフは現在あたしを入れて十五名。シフト制ですが、短時間勤務の子もいるのではっきり言って人手不足です。昼間はもちろんだけど、夜間に対応してくれるスタッフさんを熱烈に募集してます。以上が現状です。何か質問は？」

（え、えっと）

あまりに手早く説明され、創士は途中から言葉を後追いすることになった。

そしてさくら先生が説明する間も、ゲートの向こうは阿鼻叫喚の光景が繰り広げられている。

乳児たちは泣き、幼児たちは走り回ったりおもちゃを取り合ったりしている。

辰巳が健闘するほか、先ほど見かけた黒髪の美女が子どもたちの遊びをてきぱきと仕切っている。

修羅場。そんな三文字が頭に浮かぶも、創士ははっと我に返った。

「……あの僕、この春大学を卒業したばかりで、経験がないのですが、大丈夫でしょうか」

　さくら先生は目を細めた。

「ああ、全然構わないですよ。誰だって最初は新人。ただね」

　言葉を切って、さくら先生はゲートの向こうを見る。

「あの通り、体力勝負のきつい仕事ではあるわね。あたしなんかこの年で、腰も痛いし膝も痛いし……ま、それはいいけど」

「はあ……」

　言われてみれば、見たところさくら先生の年齢で赤ちゃんを背負ったりするのは体力的に相当負担だろう。いや、創士の祖母と比べれば実際超人的な体力と言っていい。

「正直なところね、あなたみたいな若い男性がいてくれると助かるのよね。男の子なんてさ、エネルギーが有り余ってるからね」

　きえー、と叫びながら走り回ったり、ヒーローらしき決めポーズを取っている幼児男子たちを見て創士は「なるほど」と頷く。

（これは大変な仕事に間違いない）

　しかし、創士はいつの間にか再び心を決めていた。重大とも言える決心を、ほんの一瞬で形にしていた。

「ここで、働かせてもらえませんか」

半ば無意識的にそう口にした創士は、言い終えて愕然とした。

(なんでだ？　つい、勝手に口が……)

にやりと嬉しそうにさくら先生が笑う。

「即採用！　……と言いたいところだけど、ひとつだけテストを受けてもらいます」

さくら先生が人差し指をぴんと立てる。

「……テスト？」

創士が思わず聞き返すと、さくら先生がにこやかに頷いた。

さくら先生の笑った口が一瞬だけ耳まで裂けたように見え、創士は何度も瞬きをした。

それはほんの一瞬で、何の脈絡もなかったが、あまりにも鮮明に創士の目に映った。

(なんだ今の)

創士は今しがた自分が見たものを脳内で処理できず、混乱した。

(幻覚……？)

しきりに目をこする創士を横目に、さくら先生は笑いをこらえているようだった。

3

「それで、律儀にテストを受けるってわけ……。最近の若い子は真面目ねえ」

創士の目の前で、艶やかな黒髪をまとめ直している美女。

それは、先ほどサンドイッチを注文していた保育士だった。

「あたしはここで働いている水緒《みずお》。よろしくね」

ひとりで三人の子どもの食事の面倒を見ながら、水緒は手早く自己紹介をする。

水緒が見ているのは介助が必要な乳児たちで、変わる変わる食べ物をスプーンで口に運んでやったり、場合によっては手掴みで食べさせたり、食べこぼしを拭いてやったりしている。

「他にもたくさんスタッフはいるんだけど、さくら先生とあたし、後から来るベテランのミヨ子先生と鈴音《すずね》ちゃんっていう女の子が主力かな……。あー、あー、みぃはちゃんそれはお手手ナイナイよ！」

自分を「主力」と何のてらいもなく紹介する水緒だが、てきぱきした働きぶりを見ればそれも頷ける。創士と喋っていても、水緒の注視は絶えず子どもたちに行き届いていた。

（しかし、みぃはちゃんて、どういう字書くんだろう……。現代っ子だな）

そんなことを創士はぼんやり考えてしまったが、実際過酷な仕事だ。

子どもたちの動きは目まぐるしく、座っていられる暇など一時もなさそうだし、トイレや食事もままならないだろう。まして人手不足となれば、急な病欠など許されない。

気力と体力が続かず、辞めてしまう人も多いのだろう。

「ま、そう難しく考えないでよ。あんたには見所がありそうだから。あたし、そういうのわかるのよ」

水緒は食事を終えた子どもから遊びに解放させてやり、同時に空の食器を片付ける。

「……見所、ですか？」

創士は言われるままに繰り返す。人生で一度も言われたことがない言葉だった。聞き返すふりをしてもう少し掘り下げて欲しかった。要するにもっと褒めて欲しかった。

しかし水緒の口から出た言葉に創士の予想は裏切られた。

「そ、人間にしちゃ体力も胆力もありそう」

（今、人間にしちゃ、って言いました？）

水緒の発言を何気なく聞き流しかけて、創士は驚いて顔を上げる。

「すぐにわかるわよ、っていうか話す」

言い終えて、手が離せないと言うように水緒は子どもたちを連れて立ち上がった。

〝人間にしちゃ〟

その言葉は創士の中に引っかかった。少なくとも日常会話では用いられないフレーズだった。

(どういう意味なんだろう)

考え込んでいた創士にさくら先生が歩み寄る。

「今日は取りあえずこんな場所だって知ってもらうだけでいいですよ。また日を改めて来てください」

さくら先生は壁に掛けられたカレンダーを見ながら訊ねた。カレンダーには国民的に人気の猫のキャラクターの絵が描いてある。

「いつが、ご都合よろしいですか?」

「いつでも、大丈夫です」

創士は即答した。仕事も予定も入っていない暇な日々なのだ。

「あらそう……じゃあ二日後はどうですか。この日はそんなに予約がないから、比較的落ち着いて仕事を教えられると思いますので」

テストを受ける前なのに、すでに働かせてもらえるような雰囲気だ。

「じゃあ気をつけてお帰りください。また明後日に。よく休んで体力をつけておいてくださいね」

脅すようなさくら先生の言葉に創士はひるむが、気を取り直して深く一礼した。

さくら先生の背中の赤ちゃんはすやすやと気持ちよさそうに眠っている。創士は気負いが解けて思わず微笑んだ。

（確かに、そう硬くならなくてもいいか。やってみてから考えればいい）

赤ちゃんの寝顔は創士を前向きな気持ちにさせた。

「はい……では、また」

室内を見渡すと、既に辰巳の姿はない。配達を終えて、いつの間にか店に戻ったのだろう。

（何だか辰巳さんに嵌められたみたいだ）

創士はあの、異常とも言える美男を思い出す。妙に感じがよく、絶品のカレーを何気なく出すあの男。

（どうしてこんなことになったんだろう）

エレベーターで階下に降り、駅へと足を進めながら創士は今日という不思議な一日を振り返る。

家を出るときにはこんな展開になるなどとは、まったく想像していなかった。

(まさか託児所で働くことになるなんて……見習いだけど)

あまりの偶然の連続に、創士は苦笑した。予想外の事態が立て続けに起こると人は笑ってしまうのだろうか——。

考えかけて、創士はふとあることに思い当たる。

「あっ……」

創士は『喫茶 叶』での飲食代を払っていなかった。

「……何なんだ、あの人は」

途方に暮れたように創士はつぶやき、また少し笑ってしまった。

家に帰ると、母親が仕事から戻って夕食の準備を整えていた。このところ、仕事が立て込んでいるらしい母親が早く帰宅しているのは珍しい。

(この匂いは、ミネストローネかな)

たくさんの野菜が入った母親特製のミネストローネは、創士の好物だ。

「おかえり」

母親は創士を見ると、台所から声をかけた。昔から母親はあまり何も言わない。創士が自分から話さなければ詮索しないし、進路に反対されたことも一度もない。忙しく働いているはずなのに、常にマイペースに振る舞っているように見える、飄々《ひょうひょう》とした母親だった。

習い事も申し出ればやらせてくれ、創士が飽きてきた頃に察しよく辞める選択肢を提示してくれた。

言葉には出さなくとも、それだけ母親には何もかもお見通しなのだろう。

「僕……託児所で働くことになるかも」

（どうして今回は自分から報告しようと思ったんだろう）

創士がぶっきらぼうに報告すると、いつもと同じ穏やかな声の調子で母親は「そう」とだけ答えた。

しかし、その口元にはわずかに笑みが浮かんでいるように見えた。

4

二日後はすっきりと晴れていた。

創士は珍しく定刻通りの時間に目を覚ました。いつもならばベッドでうだうだと三十分は動けないはずだったが、自然に目が覚めた。悪くない気分だった。

(今日が託児所のテストか)

「それにしても、何をさせられるんだろう」

創士は考えを巡らせる。想像し得るすべての可能性を引っ張り出す。

(保育士としての適性を見られるとか？　子どもたちへの接し方を見られるとか……か？)

考えてもせいぜいその程度だったが。

「そう言えば、履歴書持ってこいとか何も言われなかったけど……大丈夫なのかな」

不安の種は数え上げればキリがない。しかしそれを無理に頭から追い払って、創士は『さくらねこ』へ向かった。

約束の時間よりも少し早く託児ルームに着くように逆算して電車に乗ってきた。

『喫茶 叶』での食事代、恐らく九百円程度を支払うためだった。

「……あんな感じで商売が成り立つんだろうか？」

創士は他人事ながら、おっとりとした辰巳の商売人ぶりが心配になってしまう。創士が食事をしていたときも、客は誰もいなかった。

まあ、あのルックスが認知されれば女性客は絶えないだろうが――。

そんなことを考えながら『喫茶 叶』の扉に手をかけると、辰巳がにこやかに出迎えてくれた。

「いらっしゃいませ……あれ？　今日は初出勤の日なんじゃ？」

辰巳は笑顔を崩さない。

どうして知っているんだ、と創士は訝しむが、すぐに本来の目的を思い出した。

「いえ、あの僕……この前のお代を払ってなかったんで、支払いに来ました」

「……ああ！」

ぽんと、右手のこぶしを左手にぶつける仕草。癖なのだろうか。

「そう言えばそうでしたね。君は正直な青年だ、ミキソウシくん」

にこにこと笑いながら、創士の名前をひどく無機的に発音する。

「はあ……」

代金を受け取りながら、辰巳はもう一度ゆっくりと微笑みを作った。

「なあんて嘘です。お代をもらい忘れたら、また君に会えるきっかけができると思ってね」

さらりと辰巳は言うが、創士は驚いて二度見してしまう。

整いすぎた笑顔は、何だか凄みがあるほどだった。

「……そういうことは女性に言ってもらえませんか」

思わず応えた創士に、辰巳はにんまりと笑う。今度はどことなく陰のある笑い方だった。

「君、なかなか面白いね。見込んだ通りだよ、って君が働くのはここじゃないけど」

「はあ……」

どこまでが本心でどこまでが嘘なのか。呆れながらも、一度見たら心に焼き付いて離れないような男だった。

「……大変！　そんなこんなでもう行く時間だよ」

自分で話しておいて辰巳は時計を見ると創士を急かし始めた。

(何がそんなこんなだよ)

創士は苦笑してしまうが、何故かこの男を嫌いにはなれないのだった。

「初出勤頑張ってねー」

店の外まで手を振って見送ってくれた辰巳に創士は照れながらもお辞儀を返した。

「おはようございます。今日はよろしくお願いします」

創士がインターフォンを押すと、さくら先生がぬっと顔を出した。

中には預けられた子どもたちが思い思いに遊んでいる。

「よろしくお願いします！」

緊張しながら創士も挨拶をした。

「さくら先生の猫ちゃんをたかとくんが蹴ってるー」

小さな男の子がさくら先生に言いつけると、さくら先生は怒った顔をして両手をたっぷりとした腰に当てた。

「こりゃー、猫ちゃんに何をするか！」

ドスの利いた声でさくら先生が男の子を追いかけると、「ひぃぃー」と悲鳴を上げて男の子は逃げる。

ここでのさくら先生は、子どもたちに怖がられる存在のようだ。さくら先生が怒ると、調子に乗っていた子どもも背筋を伸ばした。

「あのね、猫ちゃんに悪いことをすると、さくら先生すごく怒るんだよ」

髪の長い女の子が走り寄ってきて、創士にそっと教えてくれた。

「へ、へえ……」

キャラクターマニアか何かだろうか。

「夜の預かりもありますが、今日は昼の預かり保育を実際に体験してもらいますね。はい、これエプロン」

さくら先生から説明を受けていた創士に、そう言ってエプロンを手渡してくれたのは、水緒だった。

「おはよ。よろしくね」

水緒は口の端を少しだけ持ち上げるようにして笑う。今日もクールな印象だ。

受け取ったエプロンを広げてみると、水色で猫のアップリケが付けてある。

(わ、いよいよ本当に始まるって感じだな)

「なあに？　可愛いでしょ、それ。男の子用。ミヨ子先生の手作りだからね」

エプロンを着けている創士を見て、水緒はからかうように言った。

「あたらしいせんせい？」

声がして下を見ると、小さな女の子が創士のパンツの裾を摑んでいた。いつの間に、と創士は驚く。ここの子どもたちは気配を消すのが実にうまい。

声をかけてきたのは古めかしい言い方で言えば、おかっぱ頭の女の子だ。

「そうだよー」

答えながら女の子の名札らしきものを探すが見つからない。ここでは名札をつけるシステムはないようだ。

「みのちゃん、このお兄さんはね創士先生よ。いっぱい遊んでもらおうね」

「はーい！」

（みのちゃん、か）

助け舟を出すように言ってくれた水緒に、みのちゃんは勢いよく抱きつく。

幼い言動だったが、顔を覗いてみると驚くほど大人びていた。何かを悟っているような——。

「よろしくね、みのちゃん」

みのちゃんは再び「はーい」といい返事をする。

「自動車のおもちゃで遊んでいるのがゆきひとくん、さねゆきくん、ともはるくんと、たかとくん」

水緒は部屋の中心にある大量のおもちゃの山に群がる男の子たちを指差した後、くるりと後ろを向いて指差す。

「で、こっちのお人形で遊んでる女の子グループが、あおちゃん、ももちゃん、みぃはちゃんにゆきのちゃん……」

とてもすぐには覚えられそうにない。

「今は一歳半から三歳半くらいの子が中心かな。時間帯によって子どもの年齢層もかわるから」

創士が不安そうな顔をしていたのか、水緒はふっと表情を緩める。

「大丈夫よ。そのうち嫌でも覚えるから」

「はいっ」

決して広いとは言えない『さくらねこ』の室内は、走り回る子どもやおもちゃを奪い合う子どもの嬌声が響き、かと思えば突然「ママー」と泣き出す子どもなどで、やはり大騒ぎだった。

「あ、じゃあみんなの荷物の中から連絡ノートを回収して箱に入れておいて、あとタオルを洗濯機にかけて、そこに分けてあるおもちゃを消毒液につけておいて」

「は、はいっ！」

創士は言われたことを頭の中ですばやく整理し、ひとつひとつ片付けていくことにした。

とてもいちいち質問を求められる雰囲気ではない。

「ええと、連絡ノート……」

それぞれの子どもの荷物をまとめている棚を探っていくがその間も、

「せんせいー、ププちゃんのスカート見てー！」

女の子たちは絶え間なく話しかけてくるし、その上、

「とうーっ！」

油断して背中を向けている間に男の子にキックをお見舞いされたりと目まぐるしい。

「全然進みやしない……」

創士が眩暈《めまい》を覚えていると、水緒が声をかけた。

「そろそろお散歩行くから準備手伝って！」

（お散歩、だと……？）

創士は思わずぐったりとうなだれた。

5

「あなたが新しく来られた方ですね！　わあ、よろしくお願いします」

シフトの関係で十時から出勤したその女性を見たときには、天使が現れたかと思った。

優しそうで温かそうな雰囲気。エプロンを着けて微笑んでいるだけで癒やされる。

派手すぎない程度に明るい色に染め、ふんわりしたパーマヘアを顎の辺りで揃えた髪

型が似合っている。

「申し遅れました、私、守田《もりた》鈴音です」

〝ベテランのミヨ子先生と鈴音ちゃんっていう女の子が主力〟

ふいに創士は水緒の言葉を思い出した。

(結構若く見えるけど、この人も主力のひとりなのか)

創士は先ほどまでのハードワークに、目の前の鈴音を心から尊敬した。こんな華奢《きゃしゃ》な女の子がこなしているのかと思うと頭が下がる。

「早速ですけど、一緒にお散歩行きましょうね～。いつもはふたり体制なんですけど今日は、創士先生はアシスタントってことで、私と水緒先生が先導しますね～」

おっとりした喋り方。

「はいじゃあ、お支度しまーす」

語尾にハートマークが付きそうな雰囲気なのに、手の動きは淀みなく速い。子どものそれぞれに上着を着せ靴を履かせ、ピンク色の帽子を被せる。

(何だこの手早さは。千手観音か?)

「はーいできました！　じゃあ大きなお友達はベビーカー、小さなお友達は先生の抱っこで行きます～」

歩ける子どもたちは箱型のベビーカーに立ったまま乗る。水緒、鈴音、それぞれおんぶ紐に一歳前後の赤ちゃんを背負う。

「はいっ、じゃあ創士先生もっ！」

可愛い口調に容赦ない行動。

創士はずしりと背中に重みを感じた。はっと気が付くと、おんぶ紐を装着され、パチンと首の前で留め具を留められていた。

「じゃあ行きましょうね～！　しゅっぱーつ」

創士は一言も口にできないまま、赤ちゃんを背負って歩き出した。

（やっぱり重いんだな。赤ちゃんって）

創士は実習で何度も小さな子どもを抱いたり背負ったりしてきたが、改めて命の重みを再認識した。

『さくらねこ』から歩いて五分ほどで小さな公園に到着した。

自在に歩ける子どもたちはベビーカーから降り、滑り台へ向かったり砂場に向かったりする。

「転ばないようにね～」

ふんわりと優しく声をかけながらも、鈴音は絶え間なく周囲に気を配っている。

創士はさりげなく観察して気付いてしまった。

(鈴音先生の目、まったく笑ってない……)

穏やかそうな雰囲気を全身にまとっているけれど、子どもを注視する鈴音の目は鋭かった。

実際、「とうーっ!」とキックをお見舞いしようとした男の子の動きを一瞬で見抜き、くるりと前に回ってその足を優しく両手で受け止める。

「コラ〜、たかとくん。先生にキックしちゃダメでしょ?」

(すげえ……。背を向けてしゃがんでたのに?)

創士は尊敬を通り越して、鈴音に恐怖さえ感じた。

その後二十分ほど子どもたちを遊ばせているときだった。

「あれ……?」

創士はふと周囲の雰囲気に違和感を覚えた。あまりにも微かなので、気のせいかと思ったがやはりどこか引っかかる。

(何だろう、この嫌な感じ……)

公園内を見回すが、どこと言って変わったところはない。子どもたちはそれぞれ楽しそうに遊んでいるし、鈴音と水緒も子どもたちの対応に追われている。

上着がほとんどいらないような季節になって来たにも拘わらず、突然創士は寒気を感じた。

(何だか、嫌な予感がする)

何かひどく、邪悪なものが近付いてきているような——。

創士は何気なく、ひとりひとりの子どもを確認していた。

たかとくん、さねゆきくん、ゆきひとくん、ともはるくん……。

みのちゃん、ももちゃん、ゆきのちゃん、あおちゃん、みぃはちゃんと——。

そこまで数えてふと創士の視線はひとつのところで止まった。

砂場にしゃがんで、小さな手で砂をすくってはこぼす女の子。

黒いワンピースのフードまで被り、俯いて顔がよく見えない。

創士は名前を思い出そうと頭を回転させる。

「あんな子……いたか？」

創士がつぶやくと、砂をいじっていた女の子が立ち上がり、ゆらりゆらりと歩いてくる。

両手をだらりと下げ、右に左に大きく揺れながら。

（え、えっ？）

女の子が近付いて来るにつれ、詳細がはっきりしてくる。しかし、近付いているのに幻のように女の子の輪郭は歪《ゆが》んでいる。

突然、背中に背負っていた赤ちゃんが泣き出した。火が付いたような異常な泣き方だ。

「うわっ！」

創士は思わず悲鳴を上げた。

女の子には顔がなく、口に似た切れ目から鮮血が流れているように見えた。

恐ろしさの余り、創士は逃げ出したくなった。しかし同時に、頭の中で無意識にスイッチが切り替わった。

自分の中にこんなに冷静な部分があったのかと驚く。

（子どもたちを守らないと。そして、この子を助けてあげなくちゃ）

創士は自然と、そう考えていた。「この子」――ゆっくりと近付いている人に似た、人ではないもの。

黒いワンピースの女の子の大きく開いた口が、創士を食らおうと牙をむく。

しかし創士は一気に女の子との距離を詰めると、女の子の体を抱き締めた。自分でも何故そんな行動に出たのかわからない。だが、体が勝手に動いていた。

女の子の体は蠢《うごめ》き、創士の腕の中から出ようともがく。けれどもその力が強くなればなるほど、自分の体が、特に両方の腕が熱くなっていくのがわかった。

どのぐらいそのままでいたのだろう。腕の中で女の子は抵抗をやめ、ほんの一瞬、創士に縋《すが》りつくように甘えた後、砕け散るように体が砂粒になって消えた。

最後は、小さな女の子を抱き締めた感覚だけが残った。

「これは……」

膝をついて、創士は自分の両の手のひらを呆然《ぼうぜん》と見つめた。手には砂粒がわずかに付着しているだけだった。

ぽん、と肩を叩かれ創士は我に返った。見上げると、水緒と鈴音が微笑んでいた。

「あれは砂子《すなこ》。時々、ああして遊んで欲しくて出て来るんだよ」

水緒は事もなげに言うが、その目は優しかった。

「よく頑張りましたね、創士先生」

ほんわかした口調のまま鈴音が言い、小さく拍手をした。

「あんたは合格した。それも文句のないやり方で、ね」

水緒は口の端を曲げて笑った。

6

「みきそうしくんですね」

小さな創士が母親の腕から、がっしりとした安心感のある腕に託される。

「そうちゃん、と呼んでもいいですか？」

女性が笑うと、母親の顔に浮かんでいた緊張がわずかに緩んだ。

「はい……私も家でそう呼んでいるんです」

「……大丈夫よ、お母さん」

そう言いながら女性が母親の肩に手を添えると、母親の肩が小刻みに震えた。

（母さん、泣いてるの？）

「でも、こんな小さな子を……」

母親は堪えきれずに涙を拭う。

「大丈夫。あたしが責任を持ってお預かりしますから」

たっぷりとした笑顔を母親に向けた女性に、創士はひどく見覚えがあった。

（さくら先生？）

創士はつぶやいた。それは低く、大人びた現在の創士の声だった。

＊＊＊

「そうせんせい!!」

ぺちぺちと小さな手に頬を叩かれる感触。湿って冷たい手。

「……みのちゃん？」

どのぐらいの時間だったのだろう。創士は白昼夢を見ていたらしい。「そうせんせいがねてる」と子どもたちの声が聞こえ、公園でしゃがみこんで膝を抱えた姿勢のまま目を閉じていたことに気付いた。

目を開くとそこには、小さいけれどどこか心配そうに創士を見つめる顔があった。

「みのちゃんすごいね～。もう先生のお名前覚えたの？」

鈴音がパチパチと拍手をしている。

（……いや、顔を叩いたこと注意しないんすか？）

創士は思わず苦笑いしたが、鈴音のことも水緒のことも、既に仲間のように感じていた。もちろん、ここにいる子どもたちも――。

「創士先生もですよ」

にこにこしながら、鈴音が続ける。

「え？」

「たった一度でもうこの子たちの名前を覚えてますよね？　すごいです！」

（そう言えば）

公園でも、自然にそれぞれの名前が浮かんできたのだ。しかし、それより、

「あの、さっきの……」

言いかけた創士の言葉を鈴音が遮る。

「創士先生、今からさくら先生と面談してきてください。詳しいお話はそのときに」

有無を言わさぬ調子で鈴音は創士を追い立てた。

さくら先生は、スタッフのスペースで座って連絡ノートらしきものに記入していた。

「さくら先生……」

声をかけると、さくら先生は創士を一見しただけですべてを了解したように見えた。

「あの、僕、ひょっとしたら……」

創士が最後まで口にしないうちに、さくら先生は頷いた。見覚えのある、たっぷりした微笑みを浮かべている。

「思い出す……なんてわけないね。あなたはまだ生まれてそれほど経っていない赤ちゃんだった」

遠くを見つめるような視線。

「やっぱり、僕はここでお世話になったことがあるんですね」

もう一度、ゆっくりとさくら先生は頷く。

「あなたが生後六ヶ月の頃から半年間。ほとんど毎日のようにお預かりしていました。当然のことながら……大きくなりましたね」

さくら先生は、懐かしむような目をする。

母親は小さな創士を連れて、職を転々とした。それだけではなく、どういう理由でかはわからないけれど、街も転々とした。

その移転の合間にここ『さくらねこ』に関わっていたとは——何という偶然なのだろう。

創士はすぐには言葉にできないほどの感慨を覚える。

「……お母さんはお元気ですか？」

「はい」

創士は大きく頷いた。

「変わらず忙しく働いています」

創士の言葉に、さくら先生は微笑んだ。

「それは何より。あなたのお母様は働き者ですものね」

「はい。さくら先生ほどではないですが」

創士の軽口に、さくら先生はおかしそうに笑った。

(そうだ。それはそれとして、あの公園での出来事を聞かなくちゃ)

「あの……」

息を吸い込み、訊ねようとした言葉をさくら先生が静かに押しとどめる。手のひらを創士に向け、「落ち着け」とでも言うように。

「公園で砂子を鎮めたそうですね。水緒先生と鈴音先生から聞きました」

さくら先生は片眉を上げた。

「あなたの対応は完璧だったそうですね」

創士はどうにか先を急ぐ気持ちを抑えながら訊ねる。

「あの公園で遭った出来事は、どういうことなんですか？　説明してください」

ゆっくりと、さくら先生は話し始めた。

「あなたが見た〝砂子〟のように、街の周辺ではこの世のものではない存在が跋扈《ばっこ》しています。あたしたちのように悪意のない存在もいますが、残念ながら人に危害を加えようとする者も少なくない――」

（あたしたちのように？）

創士は胸の中でさくら先生の言葉を反芻《はんすう》した。

「あたしたちのように、と言うのは――」

勇気を出して、創士は質問をぶつけた。悪意のある存在と言うのは、砂子のようなものなのだろうか。

「隠していても詮ないことだから言いますが、あたしたちは――人間ではありません」

さくら先生の声は平板だった。

創士は一瞬意味がわからず、再び言葉を頭の中に刻み付ける。刻んだはずの言葉は、意味を結ばずすぐにばらばらと分散した。

「にん……げん、ではない……と言うのは……」

「ひとことで説明するのはなかなか難しいですが、妖怪、狐狸、あるいは神の一種……」

（ちょっ……）

創士は目の前が暗くなった。

「まああ、そう慌てて事実を飲み込まなくてもいいわよ。実感を伴うのは難しいことでしょう」

混乱が増すばかりの頭を抱え、創士はどうにか気持ちを落ち着けようとする。

「と言うことはさくら先生も……？」

「あたし、何に見える？」

合コンで年齢を訊ねられた女子のような軽い受け答えだった。

創士は何気なく室内を見回す。国民的人気のキャラクター猫の商品に彩られた室内。

そして『さくらねこ』という名前。

「さくら先生は化け猫……」

言いかけた創士の目の前で、さくら先生の口がみるみる耳まで裂けてゆく。そして、ひょこっと両サイドにはねていた髪の毛が獣の耳へと変化する。

「当たりぃ〜〜！」

裂けた口のまま、さくら先生の顔が創士の目の前まで迫ってきた。

創士は声にならない悲鳴を上げた。

7

「さくら先生、ちょっとやり過ぎじゃない？」

「そうだったかねえ……」

「まあ、緊張していたのもあるのかも」

　創士の頭の上でひそひそ話し声が聞こえる。いやに辺りは静まり返り、ひそめた女性の声だけがわずかに響く。

「ちょうどお友達のみんながお昼寝の時間だからよかったけど、そろそろ起きてくれると嬉しいな～」

　おっとりふんわりしながらも、業務上邪魔だという意思が伝わってくる。

（これは鈴音さんかな）

　靄《もや》がかかっていたような創士の頭が次第にはっきりとしてきた。

（ひょっとして気を失ってた!?）

　がばりと起き上がった創士を三つの笑顔が見つめている。笑顔、と言ってもさくら先生の話を聞いた後では禍々しく感じるばかりだった――。

「あ、すみません……僕」

「ごめんね、やり過ぎたかしら」

さくら先生は両手を合わせ、創士に向かって詫びた。

「いえ……」

(大丈夫です、という言葉を胸の中に押しとどめる)

本当はまったく大丈夫ではなかった。

「肝心の話の前に創士先生倒れちゃうからさ」

からからとさくら先生は豪快に笑っているが、創士は苦笑いを返した。

「ここにいる主要スタッフのみんな、あやかしなのよ」

「はあ……あやかし……」

呼称は様々だ、と創士は声に出さずつぶやく。つまりは妖怪、狐狸のたぐい……ええと、あとは何だったたか。

さくら先生は持っていたボールペンをくるりと回した。

「だって考えてもごらんなさいよ。水緒ちゃんや鈴音ちゃんの異常な体力と労働時間。あと、自分で言うのもなんだけどあたし自身の年齢に似合わぬ強靭な体力ね」

「それ……自分で言う?」

ドンと胸を叩いたさくら先生に、水緒がツッコミを入れた。

「実際さくら先生が一番元気いいけどね……」

　水緒はうんざりした微笑みを浮かべる。

　そのとき、入り口のドアをノックする音がした。

　ドアの外側には「おひるね中　ノックしてくださいね」と書かれた札が下がっているはずだ。子どもたちを起こさないようにとの配慮だ。

「はあい、どなたですか？」

　鈴音がドアのそばまで歩み寄る。

「辰巳でえす。ご注文のお品をお持ちしました」

　ひそめているけれど、はっきりと聞こえる声で辰巳が答えた。

「……きたきた。もうひとりのあやかしが」

　にやりと笑った水緒の言葉に、創士は再び目の前が暗くなった。

　ここには、自分と子どもたち以外には人間はいないのか――。

「ちょうどよかったですね。みんながお昼寝中だったらゆっくり食べられる。私が子どもたちを見てますからお召し上がりくださいな」

　辰巳は抱えていたバスケットから、ホットドッグを取り出した。

　てきぱきと支度を整えながら、創士の視線を感じたのか急いで言い添える。

「あ、もちろん創士くんの分もありますよ！　あと、リクエストをいただければどんなものでも大体お作りできます。ラーメンは……ちょっと運ぶのがむずかしいかもしれませんが」

（この人もあやかし……正体は何なんだろう）

創士は思わず無遠慮な視線を送ってしまう。

「私たちのこと、嫌になりました？」

ホットドッグを手に取りながら、鈴音が訊ねる。しかしその口調はどこかきっぱりとしていた。

誹謗中傷《ひぼうちゅうしょう》には慣れている、そんな潔さを感じた。

（そう言えば……びっくりしたけど嫌な感じはない）

改めて心中を見つめ直して創士は驚いた。自分の適応力の高さに。

「不思議なんですけど……怖いとか、嫌な感じはしないんですよね」

創士は正直に言った。言葉を選んだつもりだがかなり直截的になる。

「そりゃああんたが一時期でもここで育ったから」

さくら先生は誇らしげだった。

「ここで育ったさくらっ子たちは、強い子になる。さっき公園で会ったような有象無象の存在から身を護る術を授けているんだよ。ひとりにひとつずつ」

公園で創士が反射的に取った行動。それは、さくら先生が植え付けてくれた種が花開いたのか？

自分では予想もつかない能力をふいに発揮できたのは――。

「ほんの小さな赤ちゃんでも、あたしたちにはわかるんだ。将来どんな性格を備えた子になるのか。その子にあった術をあたしはそっと授ける。小さな赤ちゃんの手に握らせるようにね」

優しい目で言って、さくら先生は創士を覗き込む。創士は胸がいっぱいになり、言葉に詰まった。

自分は母親を困らせてばかりいる存在だと思っていた。女手ひとつで育ててくれた母親の人生を邪魔しているのではないかと心のどこかで思っていた。でも――。

母親と祖母以外にも、創士の成長を見守ってくれた人がいた。ふいにその事実に気付いた。

きっと創士が気にもかけていない多くの人が、創士に関わり手を差し伸べてくれたはずだった。

「ま、ここを出て世知辛い現実に巣立っていく子どもたちにあげられるせめてものお守りみたいなものだね」

「さくら先生……」

感動した創士が涙ぐみそうになっていると、さくら先生は言葉を続けた。

「その代わり、あたしたちは子どもたちの初々しい気をたっぷり吸わせてもらって、この若さを保たせてもらってる……って、そう目をむきなさんな。減るもんじゃないんだから！」

説明の途中で創士の顔色が変わったのか、さくら先生が慌ててフォローする。

「子どもが弱ったりすることはない。これは約束できるよ。ただ生きているだけで子どもからは純度の高い気が放出されてる。それをいただいてるだけ」

創士は無意識のうちに口をぱくぱくさせていたようだ。

「悪いことじゃないだろう？　世は保育士不足、保育園や託児所不足で保育士は疲れ果ててるのが現状。あたしたちは人間では考えられない体力で業務をこなせるから社会のお役にも立てる」

「ま……そ……」

（その通りですが……その通りですが？）

「こっちもビジネスでやってるのさ。ギブアンドテイク、世の習いだろう？　他にたくさんいる人間の保育士たちの給料を賄えるだけの保育料をいただいているだけだし、法外な金額も請求していない」

　さくら先生は言い負かした、とばかりに胸を反らす。

「この施設の概要はこれですべて話したし、あんたは合格した。創士くんさえよければ、これからよろしくね」

「おめでとう！」

「よろしくね～」

　水緒も鈴音も笑顔で拍手する。しかしやはりどこか笑顔が邪悪に見える。先入観を持ってしまっているからだろうか。

「……でもあんたは人間だから、自分の身の程をお忘れなく」

　さくら先生はそう言うと、さっさと仕事に戻れとばかりにひらひらと手を振る。

「死なないように頑張ってね」

　ふんわりとした口調で鈴音が信じられないことを言う。

（大丈夫なんだろうか、僕）

　そう思いながら、まだ午睡スペースで眠っている子どもたちの寝顔を見に行くと、辰巳がしゃがみ込み、目尻を下げてその寝顔を見守っていた。

「……可愛いですよね」

いろいろな思いはあるけれど、もう戻れない。現状から一歩踏み出すと、創士は心に決めた。

「はい」

声をひそめて、しかししっかりと創士は返事をした。

『第二話　夜のおともだち』

1

「テストは合格したんだけどね……忘れてたわ。もうひとつ大きな洗礼があるんだったわ」

てへへ、というように舌を出すさくら先生だが、当然ながらそう可愛くはない。

（舌を出しても許されませんよ）

創士は心の中で毒づくが、さくら先生の目が吊り上がったのを見てはっとする。実は考えていることはあやかしの彼女たちにはお見通しであることが多いのだ。

どうも大切なことは後から言うのがさくら先生の癖だと踏むが、それは癖ではなくわざとなのかもしれない。

昼間のシフトをマニュアル通りに何とかこなせるようになってから三日目。さくら先生が創士の顔をしばらく凝視したかと思えば、

「いけない！」などと言って先の話をし出したのだった。

他の保育士に比べれば当然まだまだ、何をやるにも時間がかかるがどうにかおむつの替え方はマスターした。水緒や鈴音の高速おむつ替えはどんなに修練を積んでもできるようになる気がしないが。

「……何ですか？」

肩や体につかまってくるみのちゃんの相手をしつつ、怪獣ソフビ人形を顔面すれすれまで近づけてくるゆきひとくんに「うんうん怪獣だねー」と言いつつ、背中にともゆきくんという赤ちゃんを括り付けているのがデフォルト。そんな状態である。

「夜のシフトもそろそろ体験してもらいたいんだけど……夜はこれはこれでいろいろあるんだ」

もったいぶった言い方をするさくら先生だった。どうもここ『さくらねこ』では情報を小出しにするらしい。

「いろいろって……」

「まあ、あんたの想像の延長線上にあるだろうね。でもそんなに心配ないよ。夜はミヨ子先生っていうベテランがいるし、あたしは常駐だしね」

「……でもさくら先生は夜間爆睡してますから気をつけてね」

鈴音がそっと耳打ちしてくる。

「よくわからないけど、わかりました……」

そう言っておちおち話を飲み込む暇もなく創士は了承した。向こうにもこちらにも目下迫っている業務がある。それも絶え間なく。

勤務を始めてたった三日ほどだが、間違いなく以前よりは肝が据わったと思う。同時に女性という生き物が、人であれあやかしであれ予想以上に強《したた》かで恐ろしい生き物だということもわかった。


「でも、疲れたなあ……」

一日の休みの後、夜のシフトに初めて入ることが決まった。これまでも昼間の勤務を終えると、たまに飲み物や菓子などを買いに立ち寄るコンビニに足を運ぶ元気もなく、まっすぐに家に帰っていた。

「大丈夫かな……体力、持つかな」

力なく創士はつぶやいてしまう。夜のシフト勤務があることは織り込み済みだったが、初めてとなるとやはり緊張する。

勤務中は交代で眠れるというが、睡眠時間を工夫して体を調整しておく必要がありそうだ。

明日の休みは一日のんびりしよう、と決めながら我が家のドアを開ける。

「ただいまー」

「おかえりなさい」

にっこり笑って母親が出迎えてくれた。創士が『さくらねこ』で働き始めてからの三日間、母親は忙しく残業続きですれ違いになっていた。創士は帰るなり疲れ果てて眠ってしまい、おかしな時間に目を覚まして母親が用意してくれた夕飯を食べ、急いで風呂に入ってまた倒れるように眠った。母親とは完全に生活時間がずれていた。

勤務三日目の朝に顔を合わせた創士は短く伝えた。

「あ、託児ルーム受かって……もう働き始めてる」

出勤間際の母親は今にも玄関を出るところだったが、足を止めて創士を振り返った。

「頑張ってるみたいね。就職おめでとう」

——おめでとう。

予想もしない母親の言葉だった。そうか、就職が決まったってことはおめでたいことなんだと創士は考える。

そんなことを考える余裕もなかった。

「……ありがとう」

恥ずかしかったけれどお礼を返すと、母親は笑って敬礼のようなポーズを作った。

（いつか、母さんに『さくらねこ』のことを話せるといいな）

案の定、詳細を訊ねない母親に創士は勤務地は「さくら中央」だということだけを伝えた。

母親は相変わらず表情を変えなかった。

さくら中央に託児ルームはいくつもない。それでも母親は詳細を訊ねなかった。

（それが母さんの答えなのだろうか）

創士は「いつか」と心に誓いながらその日の会話を終えた。

2

夜六時。さくら中央は飲み屋街も多いという土地柄もあり、細かな横丁の居酒屋があかりを灯し始めると、街には飲み会に繰り出す若者や中年男性たちがどこからともなく現れる。

夜七時からの勤務なので、十五分前にでも行けば十分なのだが創士は緊張して六時にさくら中央に降り立ってしまった。

「夜のバイトってしたことなかったなあ……」

居酒屋やカラオケの勧誘をする若いバイトらしき店員に盛んに誘われたが、創士は頭を軽く下げて断る。それを繰り返しながら、繁華街を抜けた。

そして結局、『喫茶 叶』に落ち着いている。

「おや、ソウシくん。今日は夜のシフトだったよね。どうだい眠気覚ましにコーヒーでも飲んだら」

一晩中効果を発揮するとは思えなかったが、創士は「いただきます」と頷いた。

そしてこの男はいかなるときも創士のスケジュールを把握している。

「このお店って営業時間は何時なんですか？」

何気なく疑問に思っただけだが、辰巳は目を輝かせた。

「何？　ソウシくん、ここでバイトしたいの？　働き者だなあ」

「……それこそ死にます」

ははは、そっか。冗談とも本気ともつかない様子で辰巳は笑った。

「朝の八時から夜の十一時だけど」

何気なく辰巳は口にするが、滅茶苦茶長時間営業——!!

驚きを声に出そうとして踏み止まった。そうだ。辰巳も妖怪なのだ。いや、妖怪ではなく、さくら中央という土地に昔からいる龍神らしい。それとなくさくら先生に訊ねたところ断片的に教えてくれた。

龍神らしい、などと言われても平然と受け入れている自分がもはや信じられない。

「人間では考えられない長時間営業ですよね……怪しまれませんか？　ひとりだし」

「ん？　別に怪しまれないよ？　タフなんです、って言うと信じてくれるし」

にっこりと優美に辰巳が微笑むと、確かにこれ以上質問できない。

美しい上にタフ。プラス評価になるかもしれない。

辰巳は創士の相手をしながらも淀みなく手を動かし、コーヒーを沸かし始める。「夕食は食べてきた？」「濃いめに淹れとく？」などと世話を焼きながら。

やがて辰巳が丹誠を込めて淹れたコーヒーが目の前に供される。

「……夜のシフトで洗礼、って言ったらあれですねえ。夜のおともだち」

辰巳の声がふいに低められ、創士はぞくりとした。

「夜のお友達？」

何かしら胸騒ぎのする響きだった。必ず受ける洗礼ということは、誰もが経験――遭遇しているのだろうか。

「大丈夫ですよ」

無意識のうちに強張った顔をしていたのだろうか。硬くなった体を解きほぐしてくれるような優しい声が頭上から降ってきた。

顔を上げると、辰巳が微笑んでいた。

「砂子との一件を、水緒先生と鈴音先生から聞きました。とても的確な対応だったと」

そこで言葉を区切って、辰巳は創士の目を見つめた。

「あなたなら大丈夫ですよ。大切なのは落ち着くことと」

自分を信じること。

辰巳の言葉は、驚くほどすんなりと創士の心に染み込んできた。

(今までそんなふうに、言葉をかけてくれる人はいなかった)

創士の人生を見守ってくれた母親と祖母は別として、これだけ短い付き合いの中で、創士の心に寄り添ってくれる人はいなかった。そんな気がした。

コーヒーを飲み終えた創士は立ち上がった。

「行ってらっしゃい」

「行ってきます」

創士がここへ迷い込んできた日と少しも変わらない笑顔で、辰巳はひらひらと手を振った。

3

夜の『さくらねこ』は昼とはまた雰囲気が違った。創士が昼のシフトから帰る間際に、夜の仕事にこれから出かける華やかな母親たちが子どもを預けに来たところに行き当たったことがある。

彼女たちは一様に明るく、またさくら先生とも仲がいいようでゲート越しにお喋りに興じたりする。

「あんたそろそろお店の時間なんじゃない？」

さくら先生に諭されてようやく我に返ったように慌て始める。

「やばっ。ほんとだ。じゃ、りくのことよろしくお願いしますね〜。あれ？　もしかしてこのイケメンが新人先生？」

スプリングコートを羽織り直すと、ふわりと香水の香りがした。

「そうよ、可愛いでしょ？　さ、早く仕事に行った行った」

「ほんと、よかったじゃん、さくら先生。じゃあ今度こそ本当によろしくお願いします〜」

「あんまり飲みすぎるんじゃないわよ」

何故かピースサインを作って華やかなママさんは出勤していった。

りくくんは慣れたもので、さっさと広げてあったブロックのおもちゃで遊んでいる。

(さくら先生はママたちのお母さんみたいな存在でもあるんだな)

「あのママもさくらっ子よ。あの子は長かったわね。やっぱりお母さんが夜の仕事をしてたから小学校になっても見てたわ。ま、あたしの娘みたいなもん」

さくら先生は言い終えた後、はっとして付け加えた。

「もちろん創士先生もあたしの息子みたいなもんよ」

取って付けたような言い方だったが、面と向かってそんなふうに言われたことがない創士にとってはくすぐったく、嬉しかった。しかし、素直にお礼を言うのが恥ずかしかった。

「……付け足しみたいに言わなくてもいいですよ」

創士の受け答えにさくら先生はにやりと笑った。

「まあこの子ったら、まだ反抗期なんだから」

(さくら先生には敵わないな)

つぶやいた胸の内もどうせ読み取られるとわかりながら、創士はそう考えたのだった。

「おはようございます……」

業界人のような挨拶をしながら創士が入っていくと、既に夜にやってくる子どもたちは数が揃っていた。皆、パジャマと兼用になりそうなラフな部屋着を着て、揃って戦隊もののテレビを見ていた。何故か夜に見かけるのは男の子が多い。

「おはよう。来たね、とうとう」

ニヤリとさくら先生が笑った。この人は（猫の妖怪だけど）創士が試練に直面することを楽しんでいる節がある。

創士がエプロンを身につけていると、控えめにドアが開いた。

あまりにもゆっくりと開くので創士は建てつけが悪く勝手に開いたのかと勘違いした。

「……おはようございます」

ぼそぼそと口の中でつぶやくように言いながら入ってきた女性は小太りでかなりの猫背だった。目も鼻も口もちょこんと小さい。その姿は無闇に可愛らしく、創士にキャラクターを連想させた。

「あ、エプロン。着けてくれてありがとう」

前のめりに転がるのではないかと思うほど深いお辞儀をする。

エプロンと聞いて創士は思い当たった。

「ひょっとしてミヨ子先生ですか？」

さくら先生よりは年下だが、創士の母親くらいには見える。ミヨ子先生は少し顔を赤らめ「はい……」とはにかんだ。

（何かすごく可愛い。子どもに人気ありそう）

創士は思わず失礼なほど無遠慮に観察してしまった。

ミヨ子先生は、ちょこちょこと効果音が出そうな身動きで子どものそばにやってくると、手作りらしき布のリュックを下ろして機敏に作業を始めた。

「ミヨちゃん、こちら新任の三木創士先生」

さくら先生がさっと手を差し出すと、ミヨ子先生は「よろしくお願いします」と頭を下げる。

「よろしくお願いします」と創士もやや緊張気味に返した。

「この子、さくらっ子だからね。まだ赤ちゃんの頃だけど」

「ええ、何となく……」

そう言って、ミヨ子先生は小さな黒目がちな目で、創士の目を覗き込んだ。

「私はお会いしてないと思うけど、わかるものですね。雰囲気で」

ミヨ子先生は我が子を見るような優しい目つきをした。

「僕、今日が夜シフトはじめてなんです……よろしくお願いします」

恐縮する創士にミヨ子先生はほんのわずかな笑みを見せ、「大丈夫ですよ」と優しい声で頷いてくれた。しかし、その口調がどこか重たく聞こえたのが創士は気になった。

子どもたちに持参の夕食を食べさせ、大きな子はひとりで歯磨きをし、小さな子には持たされた歯磨きシート剤などで歯を拭いてやり、小さな子から順に眠る支度に入る。

アコーディオンカーテンで仕切られた寝室は、敷き布団が常に敷かれ、個人個人が持参したバスタオルをシーツ代わりにしている。毛布は『さくらねこ』の備え付けだ。

「おやすみなさい……」

ほとんどの子どもたちは、訓練されたように自然に寝床に入り、とんとんと背中をさすってやると入眠するようになる。その規律正しさは涙ぐましくさえある。

昼の預かりでもそうだが、途中で目を覚ました子は騒ぎそうになる一歩手前で寝室から連れ出し、フロアで遊ばせる。他の子の眠りを妨げないためだ。

しかし目が覚めていても、場の空気を読んでそのまま布団の中で目を開けている子もいる。

（こんなに小さいのに、自分の立場を汲《く》んでいるなんて……）

創士は健気な子どもを見れば見るほど、愛しさが強くなっていくのを感じた。

ミヨ子先生と創士は順番に子どもたちを寝かしつけて行った。すうすうと寝息が深くなるのを確かめると、安堵の気持ちとともに強烈な眠気も襲ってくる。

「ふわああ」

フロアで事務仕事をしていたらしきさくら先生が、あくびをしながら寝室に現れた。時計を確かめると夜十時。この部屋には時計がいくつもあるが、正確なものはどれひとつとしてない。

創士がさくら先生に電池を入れることを提案すると、「電池を入れても狂ってしまう」「修理しても同じ」という返事だった。「捨てれば」と言いかけた創士に、さくら先生は頑として首を横に振る。

「だってティーちゃんの絵がついてるから、可哀想で捨てられないのよ」

「ティーちゃん」は猫の名前だ。創士でさえ知っている。

国民的な猫キャラクターがプリントされた時計を指して、さくら先生が言ったのには呆れた。これでは保護者も惑わされてしまうだろうに、と心配するがみんな慣れている様子で特に指摘はされない。

仕方なく創士は自分専用の置き時計を持参して、自分の荷物置き場の近くに配置していた。

「じゃあ、あたしは寝ますから。何かあったら呼んで頂戴。と言うか、できるだけ自力で何とかして欲しいけどね……」

話の後半は溶けそうな声だった。

「仮眠室にいるから……またねー」

ふらふらとどこかへ向かうさくら先生に、創士は不審な目を向ける。

「ここに仮眠室なんてありました？」

ふふふ、とミヨ子先生は笑う。

「タオルなんかが干してあるスペースに雑魚寝するだけよ」

「あの狭いところにですか」

創士は狭い空間に挟まるように眠るさくら先生を想像し、尊敬した。少なくとも安眠できるような場所ではない。

「でもあの人、一度寝てしまったらほぼ起こすことは不可能だから。戦力としては数に入れないほうがいいわ」

ミヨ子先生は笑いながら言い、ふいに真顔になる。

「ここから先は交代で眠りましょう。私は慣れてますし、それに」

不自然な個所でミヨ子先生は言葉を区切る。

「夜のおともだちは、だいたい深夜一時頃に現れますから」

創士は含みのある言い方に口を開きかけたが、眠気のほうが勝った。ありがとうございます、ときちんと口にできたのかどうか——創士は子どもたちに寄り添う形で意識を失った。

4

こつんこつん。

(何だろう)

どのくらい眠ってしまったのだろうか？　創士のぼんやりした頭が物音を認識するまでには少し時間がかかった。

こつんこつん。

(誰かがノックする音？)

こつんこつん。

一定の間隔で必ず二回。強すぎず弱すぎない叩き方は、眠っている子どもたちを起こさないようにするための気遣いなのか――。

（あ、迎えに来た親御さんかな？）

創士はようやく働き始めた頭でその可能性に気付き、慌てて体を起こす。

そしてずるずると時計が見える位置まで体を移動させると、デジタル時計はちょうど一時を差している。

（こんな夜中に……）

そう考えかけて、ふいに創士はぞっとして覚醒した。

（夜のお友達だ）

「ミヨ子先生……」

縋るようにミヨ子先生を目で探す。先生は子どもたちの傍らにちょこんと座って、しかしはっきりと起きていた。体中から発する気配はどこか尖っていて、彼女が一睡もしていないことも窺えた。

「……来ましたね」

細い声だったが、今まで聞いたどのミヨ子先生の声よりも低かった。

「夜のおともだちだと思います」

こつんこつんとドアを叩く音が、次第にぴたんぴたんと濡れた音に変わる。

と思うと、苛立ったように外にいる何者かは扉をどんどんと激しく打ち始めた。

(子どもたちが起きてしまう！)

創士は危惧するが、何故か子どもたちの眠りは深くて目を覚まさない。ひとりの子ども——りくくんだけが、毛布の下で目を開いていた。

「おともだち」

小さな声でりくくんが言う。可愛らしく澄んだ声だった。

「どうにかしたくても、必ず入ってきてしまうから」

ミヨ子先生が言い終えぬうちに、ドアが静かに開いた。音もなくゆっくりと。創士は独りでに開くドアを見つめて肌が粟立った。

あ、そ、ぼ
呻《うめ》き声にも似た声は、創士の頭の中に一文字ずつ刻み付けられた。

(遊ぼ？)

意味を変換した創士がドアのほうを見る。

突然、室内にも拘わらず強い風が吹いた。事務机の上に重ねてあった書類が舞い、干してあったタオルがはためく。

りくんが、布団の中でけらけらと笑っている。

「遊んでもいいけど、先生にダメって言われてるから遊ばなーい」

創士は耳を疑った。

(りくくんは、「夜のお友達」が見えるのか？)

「りくくん、夜のお友達はどこにいるの？」

訊ねた創士に、りくくんがきょとんとした顔でまっすぐに指さす。

「あそこ」

創士はりくくんの指し示す方向を凝視した。

すると舞い上がったプリント類の後ろからどろりとしたものが現れ、創士の目の前で徐々に像を結び始める。

それは子どもの——幼児ほどの背丈のシルエットを形作っていた。

「あれが夜の……おともだち？」

口から出たのは掠れた声だった。

夜のおともだちは、創士を目がけてすごい勢いで這《は》ってきた。

黒い、ぬめりのある影のようなもの。しかし形は子どもの形をしている。

「あかちゃん」

またひとり、薄闇の中で目を覚ました子どもが楽しそうに言った。

(何故この子たちは怖がらないのだろう?)

一瞬、気を取られた隙に影は創士に覆いかぶさってきた。

さ、み、し
これは声なのか。頭の中に勝手に文字が刻まれるような感覚。

「はい。みんなはねんねよー」

落ち着き払ったミヨ子先生の声に、目を輝かせていた子どもたちがしぶしぶ横になる。

「そうせんせいだけずるいー」

りくんが口を尖らせた。

「いつもはミヨ子せんせいがあそんであげて、ぼくたちは気が付くと寝ちゃうんだ」

(ミヨ子先生がいつも遊んであげてる?)

恐怖に支配されていた創士の思考が少しずつ変化していく。気が付くと創士は口にしていた。

「いいよ。一緒に遊ぼう」

その言葉を待っていたように、夜のおともだちの体は肥大化し、あっという間に創士の体は飲み込まれた。

創士は声を上げる暇もなく、ぬめる液体で鼻も口も塞がれてしまった。

5

「お前とは遊んでやんねーよ」

公園でひとりぽつんと創士は取り残されていた。先ほどまでたくさんの子どもたちが周りを駆け回り、笑い合っていたはずなのに、今は誰もいない。

「僕も、入れて」

勇気を出して知らない子の輪に入るとき、必ず一度は手酷く拒絶された。子どもの言葉は容赦がない。

母親が多くの街を転々としたおかげで、創士もその度に新しい環境に慣れなければならなかった。やっと少しずつ関係を構築してきたと思ったらまた次の街。しかし、母親を責めることだけはしたくなかった。

母親が我《わ》が儘《まま》で引っ越しを繰り返していたわけではないと、小さいながら悟っていた。子ども時代をトータルすれば、引っ越しが多かったけれど友達の数も多いほうだった。しかし、いつもどこかで寂しい思いをしていた。

(僕が常によそ者意識を持っていたのかもしれない)

それが体から滲《にじ》み出ていたから、遊びの輪に入れてもらえなかったのかも……。

そ、ん、な、こ、と、な
ふいに意識が途切れそうになったとき、冷たい手が創士の手を摑んだ。

「お兄ちゃん、遊ぼう」

子どもの顔を確かめようとすると何故かぼやける。しかし、笑っているのか声は明るく、楽しそうに語尾が揺れた。創士の手をぶんぶんと振り回す手は冷たくて、子ども特有の湿った感触があった。

「うん」

子どもが誘ってくれたことが創士は素直に嬉しかった。顔ははっきり見えないけれど元気のいい男の子だ。

創士と男の子は一緒にブランコを漕ぎ、砂場で砂遊びをして、鉄棒にぶら下がった。

「滑り台もやりたい……けど、こわい」

怖い、と口にしたときだけ男の子の表情が微かに見えた。

幼い頃の創士とどことなく似ていた。

「じゃあ一緒に滑ろう。お兄ちゃんが後ろにくっついていれば怖くないよね？」

ぱあっと男の子の発する雰囲気が明るくなる。

「ほんと？」

男の子を後ろから抱きかかえるようにして滑り台を滑ると、男の子はひどく喜んだ。

きゃっきゃと声を上げて笑い、笑い声を聞くと何故か創士は胸が苦しくなった。

「もっともっと！」

男の子は何度も滑り台を滑りたがった。男の子が喜んでくれるのは嬉しかったし、滑っていて風を感じるのは気分が良かった。嫌なことをすうっと忘れていくような気がした。

しかし何か悲しい予感がするのだ。

楽しい思い出がたくさん蓄積した後に、突然悲しい別れがやってくるような。

その別れを実際に知るよりもほんの少しだけ早く予見してしまっているかのような。

「いいよ」

これで何度目だろう。何度となく滑り台を一緒に滑った。男の子は創士の腕の中で身をよじって楽しそうに笑った。きゃっ、きゃっ、と甲高い声を上げる。

その声にいつの間にか創士自身の笑い声も交じっていた。

「風になれそうな気がする」

笑い声の合間に、男の子が言った。舌足らずだったはずなのに、ひどくはっきりした落ち着いた発音だった。

「え……？」

創士は滑りながら、男の子を後ろから抱きしめ直した。男の子は創士の手を握った。力のこもった握り方だった。

「たのしかった。ありがとう」

気が付くと創士は抱えていた両手が空っぽになっていることに気付いた。

男の子は、消えていた。

創士は空っぽになった腕の中を何度も確かめた。そして自然に涙が流れているのを感じた。

（どうしてこんなに悲しくなるんだろう？）

顔もわからない男の子と束の間遊んだだけ。しかしその男の子と創士の間には確かに友情に似たものが芽生えていた。

（そんなことない、ってあの子は言ってくれたんだろうか）

輪に入れなかったのは、創士自身のせいではないと。

「おともだち、満足したみたいね」

ふいに声をかけられて、創士ははっとした。滑り台に座り込んでいる創士と少し距離を取りながら、赤いプリーツスカートを穿《は》いた女の子がこちらを見ている。

ずんぐりした体に、顔の中に埋もれそうな小さな目。

見覚えがある女の子だと思った。服装からして少し前の時代の子のようだが、どことなく愛嬌がある。失礼を承知で言えば……どこか狸に似ている。

考えを巡らせている創士の手を、女の子はいきなり摑んだ。

「帰ろう」

優しい言い方だった。ふんわりとこちらを包み込んでくれるような、安心する声だった。

「どこへ？」

創士は思わず声に出してみて驚いた。高くて澄んだ、小さな子どもの声だったのだ。

女の子は何も答えずに、わずかに笑みを浮かべる。それからぎゅっと創士の手を握り直した。

温かい手のひらだった。

6

目が覚めると、ぴったりとカーテンで閉ざされた室内にわずかに光が差し込んでいた。そして何故か少しだけ開かれていた窓から風が入り込み、カーテンを揺らしていた。

(窓が……)

肌寒い季節ではないが、子どもたちが風邪でも引いてはいけない。窓を閉めようと起き上がると、ほんの一瞬だけ早くミヨ子先生が立ち上がって窓に手をかけた。

「大丈夫よ。少し前に換気のために開けたの」

ミヨ子先生が窓を閉めながら囁く。

「先生……まったく寝ていないんじゃ？」

創士が訊ねると、ミヨ子先生はひっそりと笑った。

「あたしはあんまり寝ないから……それより、まだ子どもたちが寝ているからコーヒーでも飲まない？」

持参のデジタル時計を見ると、五時半を指していた。六時を過ぎるとお迎えに来るお母さんもいる。

「ありがとうございます、いただきます」

頭を下げた創士にミヨ子先生は笑った。

「インスタントコーヒーだけどね」


「あれは〝夜子《よるこ》〟と言って、夜をさまよう子どものあやかしなの。毎日やってくるわけじゃないいんだけどね」

そう言ってミヨ子先生はコーヒーを一口啜《すす》る。先生には何となくイチゴミルクのほうが似合う気がするけど――創士はそんな取り止めもないことを考える。

「ああやって遊んであげると、満足して帰っていくのよ。新入りさんが来たから、夜子は来るに違いないとさくらさんは踏んだのね」

そしてその通りになった。

ミヨ子先生は創士の目を見た。深い色をした目だった。

（ああやって、遊ぶ）

創士は詳細を思い出せなかった。どうしてあの公園に行ったのか。夜子、と呼ばれるあやかしの子どもとどこで遊んでいたのか。

幼い子どもだった頃の心の風景の中に入り込んでしまったような印象を受けた。

記憶の中の公園。遠い昔に見たことのある風景。

「どうやらさくらさんがあなたに授けた能力は、相手を受け容れるというたぐいの能力のようね」

質問を挟む隙を与えずミヨ子先生は言葉を重ねる。

「相手を攻撃する能力を与えることもままある中で、どうしてそんな紙一重の能力を授けたのか――」

ミヨ子先生はため息をつく。

「でもそれが、あなたの資質なんでしょうね」

「そ。あたしは敢えてやってるの。先刻承知なのすべて」

突然会話にさくら先生が加わり、創士は持っていたコーヒーカップを取り落としそうになった。

動揺する創士を見ると、さくら先生は心底嬉しそうだ。

「ミヨちゃん、あたしにもコーヒー頂戴」

「……はいはい」

ミヨ子先生は苦笑する。さくら先生は肉付きのいい体でどっかりと床に腰掛ける。

「ああよく寝た。腰痛い……それでどうだった？　洗礼受けたでしょ？」

（洗礼……？）

創士は、さくら先生の言葉の意味を考えていた。

「最後、ミヨちゃんに少し助けてもらったみたいだけど、及第点ってとこかしらね」

どうだった、と訊ねながら、やはりさくら先生は一部始終を知っているようだった。

さくら先生が振り返った視線を創士も追う。インスタントコーヒーをスプーンで計っているミヨ子先生の後ろ姿が見えた。

「じゃあ、僕を連れ帰ってきてくれたのは……」

さくら先生は頷いた。

「あの人は子どもに化けるのが得意でね……なんたって、狢《むじな》だからね」

（狢、って確か……狸みたいな動物だっけ？）

創士が考えを巡らせていると、存外しっかりした声が飛んでくる。

「猫又ばあさんに言われたくはないわね」

しっかり聞こえていたのか、ミヨ子先生が憮然とした顔でコーヒーを手に歩み寄る。

「あんたの変身、バレバレだってのよ。地が強すぎ」

「仕方ないじゃないのよ。変身もできないくせに文句言わないで」

さくら先生とミヨ子先生は、お互いに一歩も譲らない。創士は間に入って気を揉《も》んだ。

「……ま、まあまあおふたりとも」

創士の取りなし方がたどたどしかったのか、ふたりは顔を見合わせた。そのすぐ後に、ぷっと噴き出す。

「ごめんね、喧嘩してるわけじゃないのよ」

ミヨ子先生が笑う。

「そうそう。あたしたち幼馴染みだからいつもこんな感じ。まあ、ミヨちゃんがちょっと強情なんだけどね」

「ちょっと！」

再び一触即発の雰囲気に戻り、創士はまたもおろおろする。

「だからおふたりとも」

慌てる様子の創士を見て、ミヨ子先生とさくら先生がにんまりする。

（わざとやってるのか、このふたり）

創士がちょっと目を離した隙に、ふたりは和気あいあいとコーヒーを片手にお喋りに興じていた。

（狢と化け猫が幼馴染みって……そんなことあるのかな）

ややうんざりした目を創士が向けたとき、扉をノックする音が聞こえた。今度は本当の、現実の音だとすぐにわかった。

「はあい」

機敏な動作でさくら先生が立ち上がり、扉を開けるとりくくんの母親が立っていた。

「ママ！」

声ですぐわかったのか、寝ていたはずのりくくんが寝室から飛び出してくる。

「りくー、ただいま！」

母親はりくくんを抱き上げて、頬ずりをした。りくくんは、この上もなく幸せそうな笑みを浮かべている。

（よかった。りくくん、嬉しそうだ）

創士は自分の目尻が自然に下がっているのを感じた。

「……あれ？　先生たち朝のコーヒータイム？」

りくくんの母親がふいにゲートの内側を覗きこんで訊ねた。事務机の周りや、室内は「夜のおともだち」が乱入したことによってひどく散らかっていた。

さくら先生は、取り散らかされたままの事務机を苦笑しながら眺め、「ええまあね」と照れたように笑った。

7

目の前には桜が咲き誇っていた。

「ああ、よかったー。まだまだ見頃ですね」

辰巳がのんびりした声で言った。両手に提げたバスケットには、様々な手料理が詰められていると言うので、創士はついつい期待のまなざしを定期的に向けてしまう。

「桜なんて飾りみたいなもんよ。飲めればそれでいいのよあたしは」

水緒は身も蓋もないことを言う。細い体に似合わぬ大荷物。

待ち合わせ場所で訊ねると、その中には詰められるだけの酒瓶が入っているのだと告げた——創士は眩暈がした。

「なあに？　あんた酒っつったら日本酒でしょ!?　飲めないの？」

「お酒は実はそんなに……ビールを一杯も飲めば十分なくらいで……」

創士が答えると、水緒は見下すような視線を向ける。

「つまんない男ねえ……まあでも、酔っぱらうってことでしょ」

妖艶な美女ではあるものの、その実大蛇の化身である水緒先生はにやりとこちらが凍りつくような微笑みを浮かべる。
「水緒先生、それってアルハラって言うんですよ～？」
にこにこと今日も穏やかな微笑みを浮かべる鈴音先生は、スイーツ担当ということで
これまた抱えきれないほどの和・洋スイーツを両手に提げている。
ふんわりとしたロングスカートにレースのついたパーカーを合わせた鈴音先生が、あ
やかしであるとは考えにくいが、彼女は妖狐であるらしい。外見の印象は子リスのイ
メージだが——確かに性格は一癖も二癖もある。
「うるさいわね。酒ってのは、酔ってナンボでしょうが！」
「えー、私は甘いお酒を少ししかいただきませんから」
「何言ってんの。狐なのに猫かぶっちゃって。こっちはあんたがザルだって知ってんの
よ」
「まあ、うふふ……水緒先生に言われたくないですう」
水緒先生と鈴音先生はお互いに笑顔で牽制し合っているわけなのだが、醸し出す雰囲
気が尋常ではなく邪悪である。
（まあまあ、ふたりとも、って言うべきなのかここは）
考えかけて創士は苦笑する。

（最近、そんなことばかりやってるな、僕は）

「皆さん〜！　このへんに陣地を構えましょうか」

辰巳が桜の木の下で手を振っている。そして、振りかざした手を四角形に動かした。

言い合いをしていたふたりも、辰巳のほうに集まってきた。

「うん？　ソウシくん、物言いたげですね。これはね、結界を作ってるんですよ」

事もなげに辰巳は言い、作った結界の中にレジャーシートを広げた。


託児ルーム『さくらねこ』の唯一の休日は日曜日である。本来ならば十分に体を休めたいところだったが、

「あんたの歓迎会を兼ねて、お花見でもしようかと思うんだけど、夜ならいいでしょ？」

体力が有り余っているあやかし先生たちは、そんな企画を立ててくれていた。

「兼ねて」が強い言い方だったのとお花見のメイン感が強そうではあるものの、創士はメンバーとして認めてくれたように感じて嬉しかった。全員が集まれるのも日曜日しかない。

さくら中央でのお花見スポットと言えば、『さくら中央公園』が有名だったが、みん

なはそこを選ばなかった。

「あんな人ばっかりの所はごめんよ。もっと穴場に連れて行ってあげるから」

ややや自慢げに水緒が言ったが、そこは毎年『さくらねこ』の主要メンバーたちの恒例のお花見場所であるようだった。

（あれ、でも桜はもう散ってしまったんじゃ？）

創士は根本的な疑問に行き当たったが、皆が当然のように段取りを始めているので口を挟めなかった。

さくら中央駅を出て、新たにできた繁華街エリアとは反対の昔ながらの飲み屋街を通り歩くこと五分。通りの行き止まりの右手にある坂を上ると小さな神社がある。

そこに桜の木がわずかに一本だが、植えられているのだ。

（こんなところに神社があるのも知らなかったな……）

確かに穴場スポットだ。と言うか、この神社の敷地内で花見をしようと考えるのはかなり酔狂なのかもしれない。

そして創士は目を疑った。一本しかない桜が、今を盛りとばかりに咲き誇っているのだ。

「うわあ……」

思わず創士は感嘆の声を漏らした。

「綺麗でしょう」

口を開いて桜に見入っていた創士に、辰巳が声をかける。まるで自分の桜であるかのように自慢げな響きがあった。

「この神社の桜は奥ゆかしい桜で……毎年、かなり遅い時期に花を開くんです。多くの人に知られることもなく、ね」

(不思議な光景だ)

新緑の時期に近づいているというのに、目の前では艶やかな桜が惜しみなく咲いている。

「ここは、昔からさくら中央の地をお守りくださっている鎮守様の神社でね……小さいし、人気もないのでまずお花見に来る人間はいません」

手早くレジャーシートの上に食べ物を並べながら辰巳が説明してくれた。

「その上、おかしな輩が近付かないように結界も張りましたから、これでゆっくりお花見を楽しめますね」

「……やっぱり結界を張らないと危険なんですか？」

創士がおずおずと訊ねると、辰巳は美しく微笑んだ。

「君という人間を狙っておかしな輩が集まるんですよ」

その整いすぎた笑みに、創士は背筋が凍りついた。

（そうだった。僕だけが人間なんだ。いつか、この人（人じゃないけど）たちがおかしな気でも起こせば……）

考えかけた創士の心中に割って入るように、辰巳が高らかに笑う。

「嫌だなあ、ソウシくん。僕たちが君を取って食うわけはないじゃないですか」

「そうよ。あたしたちがどのぐらい長い間生きてると思ってるの？」

水緒がまったくフォローにならない発言をする。

「僕たちはとうの昔に人の味には飽いたんです」

再びにっこりと、辰巳が恐ろしいことを口にする。

「人を取って食うのは前時代の話。今は人を食わないあやかしのほうが多いくらいだがね」

聞き覚えのある声がふいに交ざり、創士が顔を上げるとさくら先生とミヨ了先生が合流したところだった。

「今は人もあやかしと共存する時代。お互いに需要と供給をうまく利用し合っていかなければならない。あたしたちだって自分の居場所を守るのに必死なのさ」

さくら先生の言葉に、その場にいた皆がしばし黙り込んだ。いつもなら生意気な口を利く水緒でさえ、大人しく聞き入っている。

さくら先生はどっかりとシートに腰を下ろすと、持っていた小さな巾着袋から煙草を取り出して火をつけた。

もの言いたげな創士の視線を感じたのか、さくら先生はくわえ煙草で言う。

「もちろん子どもたちの前じゃ吸わないよ。あたしは冠婚葬祭くらいしか吸わないんだ」

「それなら止めればいいのに」

呆れ笑いをしながらミヨ子先生が言う。

「今夜は吸いたい気分なんだよ」

ミヨ子先生は子どもを見るような目でさくら先生を見た後、ゆっくりと桜の木を見上げた。

「本当に今年の桜は見事ですね」

ミヨ子先生の視線を追いかけるように、全員が顔を上げて桜を見上げる。

「すごく、きれい……」

鈴音も大きな目をしばたたかせて、一心に桜を見つめる。

（この人たちは、どのぐらいの間、桜を見続けてきたのだろう。それも、どんな思いで……）

創士は言葉には出さなかったが、途方もない時間を経た間には桜を眺める余裕もなかった時期もあっただろう。

（来年も、この人たちと一緒に桜を見に来られたらいいな）

複雑な思いを抱えながらも、創士はそう思った。

「さあ、今度こそ本当に始めましょうか。皆さん揃いましたし」

しんみりした空気を打ち破るように明るい声で辰巳が言う。待ちきれないと言わんばかりに酒を注ぎ始める水緒。

創士は笑いながら、自然にその輪の中に入っていった。

『第三話　生まれてくるおともだち』

1

創士が『さくらねこ』で働き始めて、ひと月が過ぎていた。二ヶ月目に突入するタイミングでカレンダーを見て、思わず感慨に耽《ふけ》る創士にさくら先生が一喝する。

「どうにかこうにか一ヶ月過ぎたね。最初はどうなることかと思ったけど」

いつだって容赦がないさくら先生だ。

「え、だって文句のないやり方でテストに合格したって言われましたけど」

少々心外だった創士は言い返す。さくら先生はふんと鼻を鳴らした。

「あれは方便。褒めて伸ばす教育うー」

まったく憎らしい。しかし悔しいが返す言葉がない。

「あたし、褒めて伸びるタイプですって自分で言う奴大嫌い」

そばで記録ノートを記入していた水緒が言う。

「ですよね。自分で言うなよな、って感じ」

今日もニコニコ可愛らしい雰囲気の鈴音も容赦がない。創士は内心ヒヤリとした。

(やばい。散々そう思って生きてきてしまった。婉曲《えんきょく》な嫌味か？)

しかし、ふたりは素知らぬ顔だ。基本的に思ったことは口にしてしまうあやかしたちばかり。

しかも思ったことさえ読み取られてしまうという恐ろしい環境だったが、例えて言うならば母親に囲まれて仕事をしているようなものなのだ。

そう思ってしまえば、諦めがつく。

創士にはここで働き始めてから気になっていることがひとつあった。

「あの……さくら先生」

ん？　と、さくら先生は振り返る。ひょっとすると創士の疑問の内容を読み取っているかもしれないが、一応聞く体勢を取ってくれる。

「ここに働いているのが、その……人ではないということは皆さんわかってるんですか？　親御さんとか、他のスタッフさんとか」

「そんなわけないだろう」

創士が皆まで言わないうちに、ぴしゃりとさくら先生に中断された。

「そんなことを伝えれば大騒ぎになるか、まあ多くの人は信じないだろうね。どのみち、真実を晒《さら》したところでお互いに利益なんてない」

「……そりゃ、そうですよね」

拍子抜けしながら創士は答えたが、さくら先生の答えを聞いたことでもうひとつの疑問が浮き彫りになった。

(じゃあどうして、僕には事実を伝えたんですか?)

「ただ時々勘のいい人はいる。何か違うものを感じ取るんだろうね。でも今までのところ、そういう人に何か危害を加えられたことはない。そういう人はそっと辞めていくんだ」

またしても創士の疑問に答えるように、さくら先生は話し出す。

「スタッフでも親御さんでもそれは同じ。どうして辞めるのか聞いてみたい気はするけどね」

創士の一番の疑問をうまく交わして、さくら先生は答える。

「僕の母親は……知っていたと思いますか」

思い切って、創士は訊ねてみた。これは、働き始めてからずっと気になっていたことだった。

さくら先生はすぐには答えず、目を伏せてしばし考えた。

「半々かな」

目を開けて先生はそう答えた。

「……半々」

創士はぼんやりとした口調で繰り返した。

「何かを感じ取ってはいた気がする。それでも、あたしを信頼してあんたを預けた」

さくら先生はそれだけ言うと、ぴたりと口をつぐんだ。

本心なのかもしれないし、真実を口にしていないのかもしれない。

しかし、創士の勘でさくら先生は嘘をついているわけではないと判断する。

(半々、か)

さくら先生の言葉を胸の内で繰り返しながら、創士は帰路に着いた。

ためらいながらドアを開け、リビングを覗くと母親が「おかえり」と声をかけてくれる。

創士はますます、母親に『さくらねこ』のことを聞いてみたくなっていた。そして、ある時期から封印してきた父親の話題についても――。

(それとなく話を向けてみようか)

以前のようにはぐらかされてしまうかもしれない。が、不思議な運命の巡り合わせで

『さくらねこ』で働くことになったのだ。

(聞くなら今しかない)

再び根拠のない勘が、そう創士に告げていた。

「母さん、次の日曜日なんだけど」

いつ話を切り出そうか考えあぐねていたはずが、創士は気付くと何のためらいもなく母親に話しかけてしまっていた。

「なあに?」

普段はかけていない眼鏡をかけ、本を読んでいた母親が創士を振り返る。何気なく切り出したものの、創士は突如言葉に詰まった。しかしここでひるんで引き下がってはもったいない。

「いや……次の日曜日、休みなんだけど付き合って欲しいところがあるんだ」

深い考えもなく、創士は提案した。しかし母親は創士の顔をじっと見つめ、笑いもせずに頷いた。

「いいわよ」

創士の中に潜んでいた決心を察したのだろうか。母親はそれだけ答えると、仔細も問わずに再び読みかけの本に目を落とした。

（どうしよう、こんなに簡単に決まったけど）

呆気なく事が進みすぎて、創士は拍子抜けした。

（母さんは何を考えているんだろう）

しどろもどろな創士の様子から、母親は確実に何か常とは違うものを感じたはずだ。

自分から言い出したくせに、創士は不安を感じて母親の横顔を盗み見る。母親の顔は落ち着き払っていて、その横顔からは何の感情も読み取れなかった。


日曜日はあっさりとやってきた。

肉体労働による疲労で起きることができないかと思ったが、興奮して目が覚めてしまった。

いつも通り、ふたりで静かに朝食を取り、創士は母親を伴って電車に乗った。

行き先はさくら中央。創士は『喫茶 叶』に母親を連れていくつもりだった。きっと若い頃、母親も叶に立ち寄ったことがあるのではないかと推測していた。

（母さんが「覚えてる」、って言い出したら一気に話を詰めよう）

創士は密かに段取りを決めていた。しかし、

「ふたりで出かけるのなんて、ずいぶん久しぶりね」

電車に並んで座ると、ふいに母親のほうから創士に話しかけてきた。

それだけで創士は動揺した。

「あなた、さくら先生に会ったんでしょう？」

返答をする間もなく続けて放たれた唐突な母親の言葉に、創士は目を見張る。こちらから母親に攻め入るつもりが、あっさりと形勢が逆転していた。

「働いている託児所も、さくら先生のところなのね」

母親の声は落ち着いていた。創士は観念して頷く。母親はすべてお見通しだったようだ。

「ずっと知ってたの？」

かろうじて言葉を返した創士に、母親はやんわりと微笑んだ。そして何も言わずに車窓の景色を眺めていた。

(参ったな。これからどうなるんだろう)

一抹の不安を感じたが、もう後には引けない。創士は硬い表情のまま、言葉少なにさくら中央駅に降り立った。

「……懐かしい」

小さくつぶやいた母親の顔には、まだ微かな笑みが浮かんでいた。

『喫茶　叶』は日曜日でも開いていた。

「こんにちは」

扉を開くと、いつものように辰巳が穏やかに迎えてくれた。食事の仕込みをしていたらしき辰巳は作業の手を止めて、創士と母親を見た。

まずは創士に「いらっしゃいませ」とにこやかに対応した後、

「お久しぶりです」

母親は辰巳をまっすぐに見つめ、丁寧なお辞儀をした。

「お変わりないですね」

辰巳の言葉に母親は噴き出した。

「私はこの通り、もうじきおばあさんに近い年齢になりました。あなたのほうですよ、お変わりないのは」

(母さんもこんなふうに明るい顔で笑うんだ……)

創士は新鮮な気持ちになった。創士には母親に関して知らないことが多すぎる。

辰巳はふっと表情を緩めた。

「私はもう化け物の域に入りましたよ。あなたは芯の部分がまるで変わらない」

辰巳に促され、創士と母親は席に着いた。創士が何も言い出さないうちに、母親はコーヒーを注文した。

「メニューを見なくてもいいの？」

訊ねた創士に、母親は大きく頷く。その顔には自信に満ちた笑みも浮かんでいた。

「ここのコーヒーは美味しいもの」

母親がそう言うと、辰巳はふわりと微笑んだ。

「もうじきさくら先生が見えますよ」

「えっ、どうしてさくら先生が⁉」

創士は席から立ち上がるほどに驚いた。自分が仕組んでここへ母親を連れてきたはずなのに、既に決められた事柄に沿って動いているだけのように感じる。

（いつもそうだ）

僕が『さくらねこ』で働くこともまるで最初から決まっていて、何かの筋道を思い通りに辿らされているような――。

「お孫さんの用事で近くまで来て、ケーキをご注文いただいているんです」

そんな商売もしているのかと辰巳の多彩さに驚くと同時に、創士はさくら先生に孫がいることにも少なからず驚く。

孫がいるということは、さくら先生には子どももいるということだ。

人間と同じように妖怪も夫婦になって子を生《な》すのだと、妙に感心してしまった。

「さくら先生に会えるのね」

母親の表情は変わらなかった。創士は息を吸い込み、思い切って訊ねてみる。

「さくら先生とは、僕が『さくらねこ』にお世話になってた後も会っていたの？」

震えそうになる声を、創士は必死に落ち着かせる。

「いいえ……」

（何だか怖い）

創士は、テーブルの下で手を握り締めた。

ずっと謎に包まれていた。知らないままでいたほうがいいと思っていた自分の出自がついに明らかにされようとしている――。

（知りたかったはずなのに、怖いのは何故だろう）

そのとき、小さなベルが鳴る音がして、さくら先生が店内に入ってきた。

一瞬だけ、母親の顔色が変わったように見えた。さくら先生は、音もなく創士と母親の前に歩み寄る。

「お久しぶりです。息子がお世話になっております」

立ち上がった母親は、さくら先生に深々とお辞儀をした。さくら先生は、大きな猫のように目を細くして微笑んだ。

2

記憶に残っているのは、ずっと母親の姿が見えないということ。

幼い創士は、小さな頭を動かして辺りを見渡す。肌触りのいい布が近くにあって、それを握り締めるといくらか心が落ち着いた。

(お母さんはどこにいるんだろう？)

当時の心情を語彙に当てはめることができるならば、きっとそう思ったのだろう。

創士は再び自分の頭を動かせる範囲で母親を探し、直感的に悟った。

(ここには母親はいないんだ。しばらく会えないんだ)

寂しかったが、泣いても詮ないことだ、とどこか冷えた頭で考えていた。

すると創士は誰かに抱き上げられた。ふわりといとも簡単に。石鹸《せっけん》の香りは、母親と同じものだった。

「お母さんはもうじき帰ってくるからね。いい子で遊んで待っていようね」

創士の心の中がわかったように、抱き上げてくれた女性は創士の頭を撫でた。

（今はここが自分の居場所なんだ）

そんなふうにはっきりと言葉に表せたわけではない。けれども創士は当時の自分の現状をそう判断した。

力強い腕に抱きとめられながら見上げると、女性の口は笑顔の形になっていた。

そう、この人は悪い人じゃない。

ここは悪い場所ではない。

幼い創士にも、それがわかった。

＊＊＊

「今日僕たちがここに来ることを先生は知っていらっしゃったんですか？」

創士は挨拶もそこそこに、さくら先生に詰め寄る。さくら先生はソファにどっかりと腰を下ろすと、目を眇めるようにして創士を見た。

「そんなにあたしは万能じゃないよ。偶然さ」

さくら先生はコーヒーを注文すると、辰巳にケーキの礼を言った。

「孫の誕生日なんだよ。だからケーキを注文したのは本当。そうしたら辰巳ちゃんが連絡をくれてね。ちょうど珍しいお客と同席できそうだっていうから急いでやってきたわけ。娘は孫を見てもらうつもりだったからぶうぶう言ってたけどさ……まあ、それはいいんだけど」

一息に言って、さくら先生は出された水を飲む。相変わらずひとりでよく喋る先生だと創士は感心する。

母親は懐かしそうに微笑んだ。

「さくら先生、お元気そうですね」

「お母さんはあたしに近づいたかね。おっと失礼、昔も今もお綺麗なのは変わりないよ」

ひとりでまくし立て、一方的なフォローを入れる。いつものさくら先生だった。

しかしさくら先生を見ていると、少しずつ創士は平常心を取り戻してきた。

(今なら、落ち着いて聞けるかもしれない)

創士は小さく息を吸い込んだ。

「……さくら先生、僕、知りたいんです。僕の生まれた頃のことを」

さくら先生に訊ねるのは筋違いだとよくわかっていた。だが、ふたりきりで親密な関係を築いてきた母親とはお互いにこれまでどこか遠慮しながら生きてきた。

このまま遠慮して流されてしまうよりも、多少関係が不穏になる危険を冒しても抉《えぐ》り出しておきたかった。

創士を苦しめていた過去の様々な疑問を。

ちらりと盗み見た母親の横顔は落ち着いていた。母親も密かに覚悟を決めているのだろうかと創士は推測する。

「母がいる前なら、堂々と聞けるかと思ったんです」

喉元に何か熱いものが込み上げるのを感じながら、創士は言った。

「母には長年、聞きたいと思いながら聞くことができませんでした。聞かないほうがいいのかと思っていました。でも……知りたいんです」

今度は創士が一方的に告げた。母親の反応を見るのが怖い。

「うん……」

珍しく話に割り込まずに聞いていたさくら先生が、ぽつりとつぶやいた。

「そういうことだとわかっていたよ。あんたが『さくらねこ』に現れた日から、いつかこういう日が来るだろうと思っていた」

さくら先生は言葉を切ると、確認するように母親を見た。

「でもお母さんがいないところで話すのはフェアじゃないと思っていたし、あたしはすべてを知っているわけじゃない。知っているのは預かった半年分のほんのわずかなことだけ。それでもいいかい？」

創士は重々しく頷いた。緊張に満ちた表情を見てさくら先生が笑う。

「そんなに硬い顔をされたら話しにくいから……お母さんもそれでいいですか？」

さくら先生が顔を向けると、「はい」と母親は頷いた。

静かな決意に満ちた顔だった。

じゃあ話すけどね、とさくら先生は言いながら運ばれてきたコーヒーで唇を湿らせた。

「もう一度だけ言っておくけど、あんたの疑問にはすべて答えられるわけじゃない。それを承知しておいておくれ」

さくら先生の言葉に、創士は大きく頷いた。

＊＊＊

あんたのお母さんがやってきたのは、年が明けたばかりでまだ寒い時期だった。

「さくらねこ」は日曜日以外基本的に祝日も営業、いつだって開いているママの味方なんだけどさ、年始だけはゆっくり休ませてもらうことに決めてるんだ。

――話がそれたね、それで年始の休みが明けた一月八日だったかね。お母さんが電話連絡も寄越さずに、いきなりやってきた。別にいいんだけどね。

それも結構小さな赤ちゃんを連れて、赤ちゃん連れには珍しくないんだけど一泊旅行できるくらいには大荷物だった。

「……子どもを預かって欲しいんですが」

そう言ったお母さんははっきり言って顔面蒼白《がんめんそうはく》で、今にも倒れそうだった。でもこれもそう珍しいことじゃない。赤ちゃんを連れているお母さんは慢性的な寝不足と社会からの隔絶感で、この世の亡霊みたいに疲れ切っているんだ。

「見たところずいぶん小さな赤ちゃんですけど、月齢はおいくつですか？」

「六ヶ月です」

消え入りそうな声でお母さんが答えた。あたしはつとめて明るく答えた。

「あら、じゃあよかった！　ちょうど六ヶ月の赤ちゃんからじゃないとウチはお預かりできないんです」

お母さんはほっとしたのか、さっきより顔に赤みがさして見えた。

「あの……誰でも、ここを利用することができるんですか？」

に見えた。

「ええもちろん」

あたしが一言答えるたびに、お母さんは安堵して少しずつ顔色が良くなっていくように見えた。

「今日から預けられます？」

何だか切羽詰まった様子だったけど、初めてのときは登録とお子さんの様子なんかを教えてもらう必要があると伝えた。そうしたら、お母さんは少し落ち着きを取り戻して、まずは手続きを行ってくれることに決まった。

「明日また改めてお願いします」

登録料をいただいて必要書類に記入してもらって、赤ちゃんのお昼寝時間や食事やミルク量なんかを教えてもらった。

翌日、約束した通りにお母さんはやってきて、あたしは初めてあんたを預かったんだ。

朝の割合早い時間にお母さんは現れて、あんたを私の手に引き渡した。夕方までの仕事だからと言われて、いきなりの長時間保育だった。

でも幸いあんたは大人しい子で、まだ人見知りも始まっていなかったから大泣きする様子もなかった。

あたしはあんたを預かって腕に抱いた瞬間に、正直なところこれは一か八かだなと思ったんだ――。

＊＊＊

創士はまばたきをして、口に出そうか迷ったけれど訊ねてみた。

「どういう意味ですか？」

「このままお母さんは戻って来ないかもしれない、と思った。と言うのも、お母さんの書いてくれた書類は全部偽名、住所も電話番号も恐らくすべてが嘘だったからさ」

創士は、言葉に詰まった。

「勤務先の会社名は実在の、そこそこ大手だった。一時在籍していたことがあったのかもしれないが、これもどうかわからない。とにかく、書類は出鱈目《でたらめ》だとすぐにわかった」

（どういう意味……）

創士は言葉を失い、さくら先生の話の意味を頭の中で整理しようとする。しかし、うまく頭が回らない。

「……あのときに、もう気付いていらっしゃったんですね」

母親はひっそりと笑った。やや自嘲気味な笑い方だった。

「もしお母さんが戻ってこなかったら……警察と施設に連絡を取って、と段取りを考えている間も実は気が気じゃなかった」

(母さんが僕を置き去りにしようとしていた)

その事実は少なからず創士に衝撃を与えた。自分が今ここでこうして母親と一緒にいるということは、自分は捨てられなかったわけだが、過去にそんな可能性があったという事実が、創士を大きく揺さぶった。

「ところがそんなとき、事件が起きてね」

さくら先生はふいに声を低めた。

3

初めての預かりだったし、まだ小さな赤ちゃんだったあんたは公園に散歩に行くこともなく、室内で眠ったり、時々起きておもちゃを握ったりして遊んでいた。

そこへ、散歩から帰ってきた子どもたちがどやどやと入ってきた。

その中にいつの間にか、ひとり紛れ込んでいたんだ――。

引率の先生も、残っていたあたしもまだ今よりも経験が浅くてね、紛れ込んでいたことに気付かないまま連れてきてしまったんだ。

あたしも入り口で気付くべきだった。けれども、ほんの一瞬判断が遅れた。

あっ、と思ったときにはそいつは託児室の室内に足を踏み入れていた。

創士は息を呑む。

そんなことはないはずだ。六ヶ月かそこらの赤ちゃんが記憶しているわけはない。

しかし記憶の断片が頭の中に流れ込む。

真っ黒な人の手。

創士のやわらかい手や足に食い込み、窓の外に引きずり出そうとする力の強さ。

緑がかった泥のような顔面の中に埋もれた口。

開かれた粘ついた口中の、鋭い糸切り歯――。

「そいつは〝泥子《どろこ》〟というあやかしだった。子どもよりも少し年かさの女のあやかしで、子どもを持ち去ろうとする悪質な奴なんだ」

眉をひそめて、呻くようにさくら先生は言う。当時のことを悔いている口調だった。

子どもたちは敏感だから、泥子の存在に気付いてばたばた倒れてしまったね。あたしも他の先生たちも、頭が真っ白になってしまった。

「そういう頭の空白に、奴は付け入るんだ」

創士は再び、唾を飲み込んだ。想像しただけで恐ろしさに息が詰まりそうだった。

泥子が目を付けたのが一番小さいあんただった。赤ちゃんなら持ち帰れると思ったんだろうね。泥子がおぞましい手をあんたに向かって伸ばした、そのとき——。

「あんたは笑ったんだ」

え？

創士は思わず耳を疑う。母親も傍らで小さく息をつくのがわかった。

それまで初めての場所で、憮然とした顔か泣き顔しか見せなかったあんたがけらけらと声を上げて笑った。それはそれは可愛かったよ。

すると、泥子は溶けてしまったんだ。あたしは泥子が溶ける様を初めて見た。

あんたのほうへ手を伸ばしたまま、跡形もなく溶けてしまった。

あたしたちは、泥子を潰すか、外へ追い出す以外の対峙法は知らなかったんだ。だから、心底驚いたんだ。

さくら先生はそこまで言うと、目を見開いている創士を見た。

創士の目の奥の、さらに奥まで見通すような目をする。

「あたしはあんたに能力を授けたと言ったが、あんたは最初から持っていた、ということになる」

何か言いかけて再び口を閉じた創士に、さくら先生が言葉を続ける。

「ほんの赤ちゃんだったあんたは、たったひとりで悪意のあるあやかしを葬った。これは初めてのことだ。過去にもそんなことは一度もなかった。つまり……」

そこでさくら先生は、創士の母親を鋭く見る。

「この子の父親は、人間ではないということです」

母親は挑むような目でさくら先生を見た。

そしてあまりのことに言葉を失う創士の目の前で、ゆっくりと頷いたのだった。

4

様々な事実が詳《つまび》らかにされていく。

創士の記憶は錯綜《さくそう》し、混乱に押し流されそうになる。

創士は現実を受け止めきれずに、叫び出しそうになったが、どうにかそれに耐える。

記憶の中の赤ちゃんの創士が、創士に向かって小さな手を伸ばす。

（ああ）

創士も赤ちゃんの創士に向けて手を伸ばしかける。水仕事で荒れ、小さな切り傷がいっぱいの現在の自分の手を、創士は客観的に見る。

そして口元に小さく笑みを作ると、真新しい手に向かって自分の手を精一杯伸ばした。

（こんなことで自分を見失ってはダメだ）

赤ん坊の小さな手が触れると、温かさと幸福感が伝わってきた。

すべすべと滑らかで、温かい小さな手。愛情と祝福に満ちたはずの、神様からもらったばかりの手。

（そうだ、僕は不幸ではなかった）

これまでずっと、差し伸べてくれる人の手を取り続けながら成長したんだ。

それに気付くと、創士の迷いがふいに砕けた。創士を覆っていた強固な膜が粉々になるほど呆気なく――。

「そして結局、お母さんは帰ってきた」

さくら先生はそう言うと、見たこともないほど優しく微笑んだ。

あんたは覚えていないだろうけど、その後すっかりご機嫌になってね。手足をバタバ夕させてしばらく喜んでいた。

あたしたちは我に返って、慌てて他の子のケアに追われた。でも幸いなことにみんなあっさり目を覚ましてね。怖いものを見たという記憶もなかった。

「正直言うと、この子の将来が末恐ろしいと思った。と同時に、うちで働いてくれたらいいなあと目をつけていたんだけどね」

さくら先生は、急にいたずらっぽく笑う。その笑顔は猫、というより古狸のようだ。

(な、やっぱり)

仕組まれていたんじゃないか！　と創士は抗議しそうになる。

「……で、夕方お母さんが何事もなく帰ってきてくれた」

創士は何気なく母親を見た。その目に涙がうっすらと浮かんでいるのを見て、慌てて目を逸らしてしまった。母親の泣く姿を直視することができない自分が情けない。

「お帰りなさい、と普通にさくら先生は迎えてくれましたね」

母親の声は震えていた。

「きっと帰ってきてくれると思っていましたし、この子もそれがわかっていたみたいですから」

さくら先生が創士を見るので、創士は改めて不思議な気持ちになった。

「本当にありがとうございました」

それだけ言うと、母親は泣き崩れてしまった。

創士は思わず、母親の肩を抱きしめた。今度は目を逸らさずに、しっかりと母親を支えた。気が付くと体が動き、母親の細い肩を抱きとめていた。

(母さんが泣いている姿を初めて見たな。今日は見たことがない表情ばかり見ている気がする)

気丈な母親は、いつも変わらないように振る舞っていた。創士が落ち込んでいるときも、どっしり構えて見守っていてくれた。

でも、たくさんの迷いがありながら創士を育ててくれたに違いない。

ギリギリのところで踏み止まって、自分を奮い立たせて——。

こんなふうに肌が触れ合うことも、子どもの頃以来だと創士は考えた。

(これからは、母さんを守って行かなくちゃ)

創士は母親の肩を抱き締めながら、繰り返し自分にそう言い聞かせていた。

5

ひとつの疑問が解決されたところで新しい疑問が生まれるこの世の仕組み。

創士は再び『さくらねこ』で赤ちゃんのおむつを替えながら、そんなことをぼんやり考える。

（全体的に考えればかなり前進した。だけど、だけどさ……）

若い頃の母親とさくら先生のつながり。

今まで話題すら禁忌扱いだった父親の存在への足掛かり。

けれども……。

「母さん、僕の父さんって何の妖怪？　それともカミサマ？」

とかカジュアルに聞けるわけではない――。

創士はため息をつく。いろいろなことが一時に明らかになるのも、混乱を生むとまでは予想できていなかった。

「普通なら人生そのものが覆されてしまってもおかしくないような大問題だよなあ……」

思わず独り言を言った創士の肩を、水緒がぽんぽんと叩く。

「よっ、あやかしとの混血だってやっとカミングアウトしてもらったんだって？」

そう言って水緒はニヤリと笑う。水緒の冷たい美しさをたたえた顔に、嘲笑はこの上もなくよく似合う。

聞いた瞬間に創士は頭が真っ白になる。

「な、な、何で……知って！」

「見ればわかるよ」

あっさり水緒は言う。水緒特有の鼻先から見下ろすような視線。

要は上から目線なのだが。

「あたしを誰だと思ってんの」

「まあ、私たちならすぐにお仲間はわかりますよね」

うふふと鈴音がおかしそうに笑う。鈴音の声のトーンも表情も、相変わらず砂糖菓子のように甘やかだ。

「……じゃあ、皆さん最初からご存じだったんですか？」

水緒と鈴音は大きく頷く。

「ミヨ子先生も辰巳ちゃんも、知ってると思うよ。ただ、本人がまだ聞かされていないから言わないようにってさくら先生が」

「そんな……」

　創士は思わず頭を抱えかけるが、容赦なくやってきた男の子軍団に背中をボコボコに攻撃されて思考は途絶えた。

「お父さん誰だろうね」

　水緒は他人事だと思って気楽に言う。楽しんでいるようにさえ見える。

（人のプライバシーに関わることをなんつーカジュアルな口調で……！）

　創士は怒りを覚えながらも、逆に少しありがたかった。自分の生い立ちを不幸なものとは思いたくなかった。そして水緒は水緒なりに、創士の想いを汲んでくれている気がした。


「毎度ありがとうございまあす。ご注文のサラダサンドをお持ちしました〜」

　そこへ呑気な口調で辰巳が現れた。

「あ、ソウシくんこの間はどうも。感動したね！　よかったね！」

　満面の笑みで言われると、嘘くさいことこの上ないのだが、日に一度は辰巳の顔を見ないと何だか寂しい。中毒性でもあるのだろうか？　と創士は訝しむ。それは、辰巳の拵《こしら》える料理にも共通していた。

「……こちらこそありがとうございました」

やり取りを見つめていた水緒がふいに言う。

「父親辰巳ちゃんだったりしてね」

創士は赤ちゃんをおぶったまま前のめりに倒れそうになる。

「そ、そんなわけ」

「だって辰巳ちゃん女たらしだし、お母さん美人なんでしょ？」

水緒はニヤニヤしている。完全に他人事を楽しんで引っ掻き回そうとする腹だ。

「いやあ、こんな可愛い息子がいたら幸せですけどねえ」

辰巳は的外れな相槌《あいづち》を打つ。

(頼む、紛らわしいから違うとハッキリ言ってくれ)

「辰巳ちゃんありがとう。ちょっとあんたたち、お喋りが多いんじゃないの？」

さくら先生が騒いでいる創士たちに加わる。今日も赤ちゃんを背負っているデフォルトスタイル。

(この赤ちゃんも、ひょっとしたら特殊な能力を備えているかもしれなくて)

思わず創士は赤ちゃんをじっと見つめてしまう。

小さな子どもの可能性は無限だと改めて感じる。

「ん？　何じろじろ見てるの？」

さくら先生は創士の視線に気付いて、無愛想に言う。あの喫茶店での一件があっても、さくら先生の態度はまるで変わらなかった。優しく接してくれるのではないかという創士の淡い期待はすぐに裏切られた。

以降、一度も創士と母親の話題に触れることもない。

「あの、さくら先生……ひとつだけ聞きたいことがあるんですが」

創士は気になっていることをふと訊ねようと思った。

「何？」

面倒くさそうにさくら先生が答える。あのとき一瞬見た慈愛に満ちた目が偽りだったとしか思えない。

「……どうして嘘の書類を提出したとわかっていたのに、僕を預かったんですか？」

創士の質問に、さくら先生は見たこともない呆れ顔を見せる。

「それは」

ふんと鼻を鳴らしてさくら先生は、だるそうに答える。

「ここがそういうお母さんのためにいつでも開かれている場所だから」

そんなこともわかっていないのか？　とでも言いたげにさくら先生は軽蔑の眼差しを創士に向ける。

「やだ、あたしカッコイイ！　世界一カッコイイ」

照れ隠しだろうか。それとも話題を打ち切るためだろうか。自分で自分を大げさに褒めながら、さくら先生は創士に背を向ける。

「辰巳ちゃんのサンドイッチ食べたら、おもちゃの消毒だからね」

さくら先生はそう言い捨てて、さっさと辰巳へ視線を戻す。

（いつでも開かれている場所）

創士はあのとき、母親を救ってくれたこの場所に感謝する。そしてこれからも、子どもたちとお母さんを支えて行こうと――。

殊勝な気持ちで室内を見渡して、バラバラな時間のまま止まっている時計を見て創士は苦笑した。

「まずは時計の修理か買い替えからだな」

創士はつぶやくと、辰巳の元へサンドイッチを受け取りに行った。

『第四話　帰ってくるおともだち』

1

　その日は朝から何だか嫌な予感がした。いつもよりバスが早くバス停に到着し、創士を乗せないまま発車してしまった。一足遅くバス停に到着した創士は、バスに乗り遅れてしまった。時計を確かめると、定刻だった。

　一本バスを乗り過ごしたことで電車にも乗り遅れ、『さくらねこ』に到着したのはギリギリの時刻になってしまった。それだけではない。

　朝食の際にコーヒーをこぼして着替えた。おろしたてのシャツにシミがついてしまって慌てて脱いで手洗いしたが、十分な時間が取れずに家を出てしまった。

「はああ……」

　深いため息をついた創士を、水緒が呆れたような目で見る。自分の鼻先をすっと見つめるような視線は水緒独特のもので、この目で見つめられると思わずどきりとする。

「どうしたのよ。朝から辛気臭い」

「いやー、今日は朝からついてなくて……」

朝からの出来事をかいつまんで報告する創士の背後で、さくら先生が咳をしていた。最初は風邪気味なのかと思ったが、咳は深く、呼吸が苦しそうだ。

「大丈夫ですか？」

創士がたまらず声をかけると、さくら先生がひらひらと手を振った。

「だーいじょうぶだよ。ちょっと喉の調子がね」

（猫又も風邪を引いたりするんだろうか）

せわしく子どもの世話をしていた水緒の顔色が一瞬曇るのを創士は目の端に捉えた。

（何だろう。この胸騒ぎは……）

創士は不安を感じたが、子どもに手を引かれすぐに思考が乱れた。

水緒の顔色も元の平板な表情に戻っていたし、さくら先生も涼しい顔をして記録ノートへの記入を続けていた。

（気のせい、だよな）

創士はふと覚えた違和感を見て見ぬふりをすることにした。

「ほい。今日から新しく預かることになった女の子。はるなちゃん」

水緒の手から、女の子の赤ちゃんを手渡される。まだ見るからに赤ちゃん、と言った体つきだったがそろそろ自分で動こうとする意思がまだ幼い顔立ちから読み取れた。

「生後八ヶ月、くらいですか？」

創士はだいぶ慣れた手つきではるなちゃんを受け取り、抱き上げる。はるなちゃんは一瞬創士の腕から逃れようともがいたが、「よくあることだ」と創士は気にしなかった。

「ご名答。結構赤ちゃんのことがわかってきたね」

水緒は他の子どもたちの遊び相手になりながら、中腰のまま振り返って答えた。

「そりゃあ……」

（勤務して半年にもなりますから）

創士がそう言いかけたとき、はるなちゃんが勢いよく泣き出した。創士は慌ててはるなちゃんをあやす。火が付いたような、爆発的な泣き方だ。小さな全身で創士を拒絶している。

「……珍しいね。あんたを嫌がるなんて」

水緒が流し見るような目でそう言う。創士の心中は見透かされていた。

「はは。僕も嫌われちゃったなー」

笑ってごまかしていたが、創士はひどく動揺していた。と言うのも、創士にはこれまでどんな赤ちゃんもよくなついて、驕《おご》るつもりはないが赤ちゃんから自分は好かれる性質なのだと思い込んでいた。

はるなちゃんの泣き方はいよいよ本格的になり、創士の腕から逃れようと必死にもがく。

創士も抱き留めているのが難しくなってきた。

「ずいぶんな嫌われようだ……」

落胆し困惑している創士の手から、ひょいとさくら先生がはるなちゃんを抱くと、嘘のように泣き止む。「あっ」と創士は心の中で小さく声を上げる。

「この子は今日が初めてだからね。仕方ないさ」

「さくら先生……」

さくら先生はすっかり顔色も元通りになり、片手ではるなちゃんを抱いたままおんぶ紐を取りに行く。

「どれはるなちゃん。初めましてで早速だけど、おんぶさせてもらおうかね」

だあ、とまるで返事するようにはるなちゃんが言う。

（さすがさくら先生）

「この子ぐらいだと人見知りの真っ最中だろうしね。男の人は余計に怖いんだろうよ」

さくら先生は創士が傷ついたと思ったのか、そう言って慰めてくれた。

創士は感心するが、先ほどのはるなちゃんの異常な泣き方に少し違和感があった。嫌われてしまったことに傷ついたわけではない、と自己分析する。

（まるで僕を恐れているみたいに見えた。それが気になるんだ……）

物思いに耽る創士の傍らで、はるなちゃんは早くも瞼《まぶた》を重たくし始めていた。「ほい、一丁上がり」とさくら先生は言いながら、はるなちゃんを熟睡させるべく上下にゆっくりと体を揺らしながら遠ざかっていった。

先ほどまでの泣き声が嘘のように、可愛らしい寝顔だった。

「ソウシくん、何だか浮かない顔ですね」

早番の勤務を終えて、創士は『喫茶 叶』に立ち寄った。珍しくその日は年配のご婦人方で混んでいたが、辰巳は相変わらずおっとりと接客していた。

しかし入ってきた創士を見るなり、口を開いた辰巳はそう言った。

「あ、ええ……この頃何だか調子が出なくて」

取り繕ったところで、創士は辰巳にはお見通しだろうと諦めた。

辰巳は何も言わずに、気づかわしげな視線をすばやく創士に走らせる。

――自分の調子だけじゃなくて、何だか周囲がおかしいような気がするんだよなあ。

創士の中に漠然とある、もやもやとした予感めいたもの。「予感」というほど確かでもない。

しかし、予感は不安にも似て、創士の中で少しずつ大きくなっていくのだった。

「……それに、考えすぎかもしれないんですが、何だか最近周りの雰囲気が変わったような気がして。うまく言えないんですけど」

辰巳は複雑な表情を浮かべて頷いた。

「ソウシくんも感じていましたか。確かに最近不穏な空気を感じます」

珍しく眉間にしわを寄せ、辰巳は神妙な顔つきになる。

「何がおかしいんですか？　僕、うまく言葉にできないんです」

「街ですよ」

辰巳は即答した。

「街？」

「ええ。この街をめぐる道理が、少しずつ狂い始めている」

創士には辰巳の言葉の意味がこのときにはまだわからなかった。

（街の、道理……）

「大事になる前に、食い止められるといいんですが……」

言葉の区切りにくると、創士の目の前に熱いコーヒーが差し出された。

「大丈夫ですよ」

辰巳の言葉は創士の不安に直接そっと手を触れてくれるようだった。

今はまず、温かいコーヒーを飲めということなのだろうと創士はおずおずとカップに手を伸ばす。一口啜ると、凝り固まった不安が少しずつ溶けだして行った。

（ああ……）

いつ来ても辰巳の淹れてくれるコーヒーの味は変わらず、美味しかった。最初はミルクと砂糖を入れていた創士もいつの間にかブラックで飲むようになっていた。辰巳のコーヒーは香りが高かったが苦すぎず、深い満足感と癒やしを与えてくれる。……と言うのはいささか大げさな表現だが。

「美味しいです」

思わず口にした創士に、辰巳はにっこりと微笑んだ。

「そう思えるうちは大丈夫です」

しかし翌日、『さくらねこ』を訪れた創士は絶句した。

「何だ……いったい、何があった？」

「託児ルーム『さくらねこ』は、週に一日、日曜日は完全に休室している。住み込みのスタッフもおらず、その一日だけは無人になる。

それなのに、室内はひどく荒らされていた。

備品のタオル類は汚され、引き裂かれているものもあった。紙おむつやおもちゃも床に散乱し、壁には泥で汚れた手形が付けられていた。

何者かによって荒らされた室内の真ん中に、さくら先生が仁王立ちしていた。ため息をつき、さくら先生はゆっくりと部屋の中を確認していた。

「おはようございます……空き巣ですか⁉　嫌がらせ？」

さくら先生に挨拶をしながら、創士は次第に怒りが込み上げてきた。いったい誰がこんなことをしたのだろう。

「おはよう、創士先生」

答えたさくら先生の目には、悲しみの色が浮かんでいた。さくら先生は両手を腰に当て、天井から床までを再び検分する。

「……わからない。人間なのかあやかしなのか、心当たりがさっぱりない。やらかしたことそのものは人間でも可能だけどね」

さくら先生はそう言い、小さく首を振る。

「こんなことは初めてだ。もちろん悪さをする存在はいつだっていたけれど……あたしたちを余程嫌っているんだろうね」

さくら先生が長い年月をかけて、たくさんの子どもを慈しみ見送ってきた場所。信頼を築き、助けを求める親子の拠り所となった場所。

それを一瞬にして踏みにじられたような気がして創士は悔しかった。

「創士先生、片付けるのを手伝ってくれるかね。早い子がやってくるまでにもう少しは時間がある。せめて見られるぐらいの状態に戻しておこう」

衝撃を受けているはずなのに、さくら先生の声は落ち着いていた。創士はさくら先生の思いを汲んで、なるべく元気よく頷いた。

「はいっ、もちろんです」

創士とさくら先生は汚れた壁を拭き、散らかったおもちゃを集めて大急ぎで消毒した。床に破り散らかされた紙を集めて捨て、掃除機をかけてカーペットの上を拭く。

少しずつ元の『さくらねこ』の姿が垣間見えると、創士はほっとため息をついた。さくら先生も同様だったが、せわしく手を動かしながらも何かを考えている様子だった。

家に帰った創士は、胸の中に澱《おり》のようにたまってしまった気持ちをどうすることもできず、母親に打ち明けることにした。

小さなダイニングテーブルをふたりで囲み、母親の手作りの夕食を食べながら創士はぽつぽつと話し出した。

母親とは、さくら先生に会いに行った日から会話が増えてきていた。

「顔色が悪いわね」と母親が指摘したことをきっかけに、創士の中で煮詰まっていたものが自然に飛び出してしまった。

漠然とした悪い予感やさくら先生がどことなく不調に見えたこと。

そして決定的な、『さくらねこ』が荒らされていた事件――。

「それは……ひどいことをするわね」

母親は顔色を曇らせる。聞いてもらえるだけで創士はどこかほっとしていた。もやもやとしていた考えが、少しずつまとまってくる。

混乱している自分がおかしいと考えを切り捨てるのではなく、物事を客観視できる。

話していくうちに、創士は辰巳の発言をふと思い出した。

「そう言えば、辰巳さんが街の空気が不穏になったって言ってた。街をめぐる道理が狂い始めている……とか」

「街……」

間髪容れずに母親は創士の言葉を繰り返した。その様が、いつもの冷静なイメージの母親とは少し似つかわしくなかった。母親の目が、創士では追うこともできないほど遠いところを見ているような気がして、束の間創士は恐ろしくなった。

「これから何だか恐ろしいことが起きそうな気がして、心配なんだ」

弱気につぶやく創士に、母親の目の色がふいに現実に戻る。

「大丈夫よ。特にあなたたなら」

創士の中にわだかまっていた不安を打ち消すような強い母親の目だった。創士は面と向かって励まされたことは初めてだ。

「自分の力を信じて、できることをしっかり務めなさい」

母親の口調は妙に自信に溢れていた。創士の不安はいくらか払拭された。そして、具体的にはわからなくても、母親が創士を評価してくれていることが嬉しかった。

「わかった」

創士が頷くと、母親はすっかり元の冷静な様子に戻って頷き返した。

2

『さくらねこ』が不審者に荒らされたことで、職員の緊急ミーティングが開かれた。職員ではないが同じビルの辰巳も出席し、今後の対策を練ることになった。

ひどく荒らされた現場を目にしたのはさくら先生と創士だけだった。ふたりが大方片付け終えた頃出勤してきた水緒、鈴音、ミヨ子先生は事態の全貌を知らなかった。たださくら先生が気落ちしている様子に、全員が心を痛めていた。

「そいつ、今度姿を現したらとっちめてやる！」

水緒は惨状を伝え聞いたときから目を逆づらせていた。こぶしを握りしめ、わなわなと震わせている様は、犯人でもない創士を震え上がらせた。

「誰もいないときにやってくるっていうのが卑怯ですね」

鈴音も頬を紅潮させて憤慨していた。穏やかなミヨ子先生は終始目を伏せたまま、怒るというよりは悲しそうに見えた。

「子どもたちがいなかったことが不幸中の幸いかしらね」

ぽつんとつぶやいたミヨ子先生の言葉に、結局全員が頷いた。それまで口を開かなかった辰巳が目を上げてひとりひとりの顔を見る。

「いつものような、遊んで欲しくて現れる輩とは違うような気がしますね。子どもたちが目当てではなくて、我々に攻撃をしかけてきているのかもしれない」

「確かに」と神妙な顔で水緒が頷いた。辰巳は水緒が再び押し黙るのを確認してから話し始めた。

「……神社の桜が、急に枯れてきてしまったんです」

えっ、とそこにいた誰もが驚きの声を上げる。創士もまた例外ではなかった。

「あの、皆でお花見をした神社の桜ですか？」

辰巳は困ったような微笑みを浮かべて頷いた。

「ええ。この街の鎮守様でもある神社の桜が、何の前触れもなく枯れかけて、このままだと朽ち果ててしまうかもしれないんです」

「そんな……」

創士は絶句した。『さくらねこ』が被害に遭ったことと、無関係とは思えなかった。

何かが少しずつ狂い始めている――創士は悪い予感でいっぱいになった。

「街の気が、変わってきている――そう言いたいんだね」

沈黙を守っていたさくら先生が上目遣いに訊ねた。理由はうまく説明できない。が、創士はあの桜が枯れている、という事実に自分でも予想外のショックを受けていた。

『さくらねこ』のスタッフと共にお花見をした際、初めて見たぐらいなのに。

創士はたまりかねて、思わず口にした。

「あの、僕……犯人をつきとめたいです！」

思いもかけずに強い口調になった。創士は誰か別の存在が自分を突き動かしているような奇妙な心持ちになる。

「今、僕たちの周りで起きていることが、すべて何らかの繋がりを持っているような気がして仕方がないんです。だから、その源を辿ってみたいです」

創士の口調はますます熱を帯びる。

「そんなことができるのかしら」

鈴音が冷静な声で言う。辿ってどうするのだ、と言外に告げられている気もした。

「ずっと思っていたんです。僕たちの前に現れる、あれは何なんですか？　砂子とか、夜子とか皆さんが普通に呼ぶ存在が、僕には未だに恐ろしくて、理解できないまま立ち向かっているんです」

今度は怒っているような言い方になってしまう。違う、と創士は心の中で叫ぶが言葉は口をついて出てくる。

しん、と全員が静まり返った。

「まずは落ち着きなさい」

ぴしりと言ったのは、さくら先生だった。創士は弾かれたようにさくら先生を見る。さくら先生は何かを悟ったように厳かな雰囲気をまとっていた。

「創士先生は、あたしたちの世界を知ってからまだ間もない。これまで見えなかったものが急に見えるようになり、混乱する気持ちもわかる」

さくら先生は、小さな子どもを諭すような口調で続けた。

「そして、はっきり言うけれど、今回はかなり危険な状況だと思っていい。あたしの体に変調が現れているのがその証拠だ」

いつもどっしりと構えているはずの、さくら先生の目に緊張が走った。それぞれがその様子を察知し、身構えるのがわかる。

「……これと同じような気配を感じ取ったのは昔。昔、この場所に厄災が起きた」

そう言ったきり、さくら先生はぴったりと口を閉ざしてしまった。

創士はその先を聞きたくてたまらなかったが、さくら先生が続きを話すことはなかった。重苦しい雰囲気を引きずり、話題を再開させたのはミヨ子先生と辰巳だった。

「不審者の侵入に注意する」「子どもの安全を最優先」

そんな当然かつ曖昧な対策を再確認しただけでミーティングは終わった。

「ソウシくんの気持ちはよくわかりますよ」

ミーティングの後、休憩を取ることにした創士は、エレベーターの中で辰巳とふたりきりになった。辰巳がミーティングの間も気づかわしげな視線をたびたび投げていたことを創士も気付いていていた。

「一度、気の済むまで調べてみたらどうですか？」

辰巳の顔色を窺うと、穏やかに微笑んでいた。「そう、嫌味で言っているわけではありません」と辰巳は補足した。

「街が今、不穏な空気に変わっていることはひとつの転機なのかもしれない。そしてソウシくんも何かの転機なのかもしれません」

（ああ……）

そうなのかもしれない。辰巳の言葉は、すとんと創士の腑に落ちた。決意が表情に表れたのだろうか。辰巳の表情がさらに和らぐ。

「手伝えることは何でも手伝いますよ。遠慮なく言ってくださいね」

「はいっ！」

創士が勢いよく頷くと、エレベーターが階下に着いた。創士と辰巳はビルの入り口で別れ、そのまま創士はすぐ近くにある図書館に向かった。

休憩時間はわずかしかない。それでも少しでも前に進みたかった。


地域の歴史資料と郷土資料コーナーに辿り着くと、創士は「さくら中央の歴史」と背表紙に印字された古びた本を手に取った。大きくて、ずっしりと重たい本だ。

たくさんのモノクロ写真とまだビルも建っていない畑だらけの街の写真。街の来歴を知ることは、単純に胸が躍った。

（へえ、さくら中央って名前になったのも五十年ぐらい前からなのか）

「さくら」という名前が付けられた理由は諸説あるが、土地の鎮守である神社の「一本桜」から由来されていると書かれていた。

添えられた写真を見て、創士は「あっ」と小さく声を上げた。現在よりも若木ではあったが、創士がお花見で見た桜の木が写真には写っていた。

本によると、この桜の木は「一番川」の氾濫に際して、若木であるにも拘わらず折れることなく花を咲かせ続けていたという。桜の開花時期を外れていたこと、厄災を逃れたことから霊験あらたかな桜と土地の人に崇められたという――。

「一番川……？」

創士は思わず声に出してしまい、隣の席で勉強をしていた初老の男性に怪訝《けげん》な顔をされた。

「すみません……」

即座に謝った創士に、男性は表情を緩めた。彼は創士の手元を覗きこむと、少しためらった後に声をかけてきた。

「突然で失礼します。先ほど一番川、とおっしゃいましたかな？」

「え？　ああ……はい」

創士はやや面食らった。そして手元の本を引き寄せ、男性に川の写真を指さした。

「ここに一番川、って……今、そんな川があったかなと思いまして」

男性は頷くと、自分は趣味で郷土研究をしている者だと名乗った上で説明をしてくれた。

「今は水も涸れてしまって川の名残がかろうじて残っているような状態ですが、三十年ほど前でしょうか。記録的な大雨が降りましてね、氾濫《はんらん》を起こしたんです」

創士の中で、何かがわずかに引っかかった。探しているものの、断片はこれかもしれない。そんな微かな予感だった。

「氾濫……この本にもそう書いてありました。でもそんな川が、今はもうないんですか」

　男性は創士の目をじっと見つめ、重々しく頷いた。

「そう、氾濫を起こすような大きな川ではありませんでした。穏やかで水量も浅い、川幅も狭くて……風景の中に溶け込むような川だったんです」

　語り始める男性の目には、在りし日の川の姿が浮かんでいるようだった。創士は男性の言葉の続きを、息を詰めて待った。

「それが突然の大雨で氾濫し、予想しなかった住民は慌てました。溢れた水は近隣の家へも浸水し、小さな木々は押し流されるほどの濁流になりました。本当に、悪夢のようだった……」

　創士がまったく知らなかった事実が、男性の口から次々と明らかにされる。この街の過去の悲しい歴史。

（昔、厄災が起こった）

　さくら先生の沈鬱《ちんうつ》な表情が蘇る。その顔は今、過去を回想する男性の悲しそうな表情と重なった。

「しかしね、一晩猛威を振るった後、川の水は嘘のように引いてしまい、そのまま水位が見る見る減っていったかと思うと……涸れてしまったんです」

男性は首を捻った。今、思い出しても不思議で仕方ないと言ったふうだった。

「凋れてしまったんですか？　たった一日で？」

創士の問うた声は図書館内では少し大きかったようだ。たくさんの視線を受け、恐縮する創士に男性は目元をほころばせると、頷いた。

「幸い、亡くなった人はひとりもいなかった。家が壊れた人はいたが、怪我人も出なかった。奇跡、という言葉をあのとき初めて実感しました。それからもうひとつ」

男性はゆっくりと目を上げ、創士の視線とぴたりと重なった。

「鎮守様の桜が咲いていた。時期を外れていたのに満開でね……私たちはほうほうの体で神社に辿り着いて、呆然と桜を見つめていました」

本当に、あのときの桜は美しかった。

男性は白昼夢を見ているような遠い目をしてつぶやいた。実際に、恐ろしい体験を経て桜を見たのだろう。創士はそのときの男性の心中を慮ろうとして、思考が乱れる。やはり簡単に想像できるものではない。

「奇跡だ、ともう一度言い合いました。氾濫を鎮めてくれたのは神社の神様と、この桜の木だとみんなで口々に言いました」

（その桜の木が、枯れかけているんです）

創士はそう教えようかと少しの間迷ったが、言わないことにした。代わりに、桜の木を守らなければならないと改めて思い直す。

「……失礼しました。年寄りの思い出話が長すぎましたな」

男性は照れたように頭をかき、創士は慌てて「そんなことありません」と取りなした。

「貴重なお話を聞かせていただいて、とても……勉強になりました」

「そう言っていただけるとありがたいです。いや、あなたのようなお若い方がこの街の歴史に興味を持ってくださっているのが嬉しくて、つい話しかけてしまいました。失礼をお許しください」

「そんな、本当に助かりました」

創士がそう言うと男性は心からの笑顔を見せた後、思い出したように補足した。

「今は中央公園が桜の名所として人気がありますが、一本桜は見事なものですよ。ぜひ見に行ってください。それから、一番川の跡にも立て札が残っていますから、興味があれば行ってみてください」

（この人だけじゃない。街の人たちの想いを潰すわけにはいかない）

創士は笑顔を返して「きっと近いうちに行きます」と即答した。我に返って時計を確かめると間もなく休憩時間が終わる時刻だった。

慌ただしく立ち上がり、男性に何度もお礼を言って創士は図書館を後にした。男性はいつまでも創士に手を振ってくれていた。

3

氾濫し、今は枯れてしまった川とそれを守ってくれたように人々に崇められている桜。

創士は偶然の巡り合わせで次々と知らなかった情報を得ることができた。

「そんな大きな災害があったなんて、聞いたこともなかったな……」

(母さんは知っているのかな)

ふと創士は母親の存在を思い出した。出がけに何も言わなかったが、創士が悩みを打ち明けた日から特に変わった様子もなく仕事に出かけ、きちんと家事をこなしていた。

「資料によると、確かこの辺りだって……」

創士は次の休みに早速「一番川」の跡地を見に行くことにした。誰にも行き先を打ち明けず、履きなれたスニーカーに動きやすい服装で家を出た。一番川を見た後には、神社に立ち寄って桜の状態も確かめるつもりだった。

創士は図書館で教えてくれた男性の言葉を頼りに、立て札を探す。住宅街を抜け、風景に緑が多く交ざり始めた辺りで創士はひっそりと立てられた立て札に気付いた。

「ここが……」

創士は風雨に晒され、文字が薄くなった「一番川」の文字を確かめた。川の跡は創士の立っている位置からは一段低くなっており、かつての川の名残をとどめていた。

（こんなに小さな川が……）

現在の川の姿からは、とてもそんな猛威を振るうような印象はない。しかし近くに住宅が控えていることを思うと、近隣の住民は恐ろしい思いをしただろうと推測できた。

「水は……どこに行ってしまったんだろう」

創士は今は水も流れていない川を眺め、当時の風景に思いを馳せた。

川底だった部分の小石が、日光を反射して光って見えた。

束の間川の名残を眺めてから、創士はその場を立ち去った。

そのまま創士は踵を返して神社を目指した。桜を確かめるのが少し怖かったが、勇気を振り絞って神社への道を急ぐ。

そして神社の入り口に立った創士は驚きのあまり息を飲んだ。

遠目からでもはっきりわかる——一本桜は、今にも朽ち果ててしまいそうにはかない姿で立っていた。

「そんな……」

創士は愕然として桜の木に走り寄った。思わず、桜の木に木肌に手を触れた。

どきん、と創士の心臓が音を立てた。桜の木の表面を通して、確かに生命力が伝わってきた。

(まだ、生きている)

「よかった」

創士はそっと木肌から手を離すと、毅然と顔を上げた。その口から決意の言葉が転がり出た。

「必ず助けます」

桜の木に向かって言ったのだろうか。自分でも不思議になるほど創士の声は揺るぎないものだった。

風が吹き、桜の枝が創士の言葉に頷くかのように微かに揺れた。

桜を確かめに行ったことも、一番川の存在を知ったことも創士は誰にも話さないことに決めていた。

桜の木肌に触れたときの感覚は説明できなかったし、時が満ちたときに打ち明ければいいと思った。

「桜の木に感じた懐かしさは何だろう……」

創士はそう小さくつぶやき、後ろを振り返らずに歩きだした。


桜の木の存在が頭から離れないまま、創士は『さくらねこ』での勤務を続けていた。するとどこか上の空で朝の業務をこなし、そろそろ散歩の時間だと時計に目を向ける。すると、

「今日のお散歩はいつもと反対側に行ってみましょうか?」

子どもたちの散歩の支度を調えていた鈴音が、ワントーン明るい声で告げた。手伝っていた創士と水緒も鈴音の提案にすぐに賛同する気持ちになっていた。

「そうだね、確かに天気もいいし」

普段はすぐには首肯しないあまのじゃくな水緒も、今日は機嫌がよさそうだ。

「いつも近くの公園と、ちょっと遠めの公園の二択ですもんね」

創士も鈴音の言葉に少し心が浮き立った。

(みんな新しい場所に行ったら喜ぶかもしれないな)

「……とは言え、特に見るものもない場所だから花壇でも見て引き返しましょうね。あんまり遠くにも行けないですし」

鈴音の言う通り、反対側には公園や遊具などはない。その代わり小さな広場があり、季節の花が植えられている散歩道があった。

秋口ではあるが、可愛い色の花が咲いていれば女の子は喜ぶだろうし、男の子が走り回るのにも十分なスペースがある。

特別な遊具がなくても、子どもたちは独自の遊びをすぐに見つける。

「行きましょう！」

創士と水緒、鈴音の意見は一致して、足取りも軽く子どもたちを引率して散歩に向かった。

よく晴れていて、日差しが暖かかった。泣き出したり暴れたりする子もおらず、みんな楽しそうにお散歩カーの中でお喋りをしていた。

創士の背中では、ようやく最近になって創士にも慣れてくれたはるなちゃんが手足をばたつかせて喜んでいた。

（そう言えば、はるなちゃんの脚はいつもすっぽり覆われてるな……）

創士の心にふと思い浮かんできたのは、今朝着替えの際に見たはるなちゃんの脚だった。

室内では真冬のよほど寒い時期でもない限り、滑って転倒しないように靴下は脱がせるのが習わしだった。はるなちゃんも靴下は脱いでいるものの、くるぶしから上はいつもレッグウォーマーで覆われていた。「冷えるといけないから」と連絡ノートには書かれていたが、創士は何の気なしに、はるなちゃんのレッグウォーマーを少し下げて確認した。すると、はるなちゃんの肉付きのいい可愛らしい脚には無数の切り傷がついていた。

（……ああ。やっぱりそうか）

創士は心のどこかで推測していたのかもしれない。痛ましい切り傷を見た瞬間の悲しみと同時に、疑問がひとつ解けたような心持ちになった。

4

はるなちゃんのママは、とても愛想のいい人だった。仕事が忙しそうではあったけれどいつも走ってはるなちゃんを迎えに来た。はるなちゃんと夕方に再会したときの嬉しそうな笑顔は演技とは思えなかった。「はるなー」と甲高い声で愛おしそうに我が子の名を呼ぶママは、華やかで若々しい。

（散歩から帰ったら、さくら先生に一応報告をしておこう）

創士はそう心に決め、背中のはるなちゃんを気遣いながら一歩、歩を進めた。すると
そのとき、鈍い悲鳴が聞こえてきた。いち早く異変を察知した女の子たちが騒ぎ始めて
いた。声のするほうへ視線を向けた創士は、思わず自分の目を疑う。
「川……？」
　こんなところに川などあるはずがない。しかし確かに川のせせらぎが聞こえ、轟音《ごうおん》を
立てながら見る見る水量を増して流れてくるのが見えた。
　しかし冷静に観察してみると、確かに水そっくりな音、そして視覚はあるものの実体
は感じられない。そんな不思議な水が創士たちに向かって押し寄せてきた。
　まるで水の幽霊のようだ——そう考えかけ、少しの間だけ思案に耽ったつもりが、足
元まで押し寄せてきている水に、ふいに我に返る。
　冷たくはないが、足を取られ、体が重たくなってきた。
「うわっ！」
　創士は咄嗟《とっさ》に背負っていたはるなちゃんを下ろし、自分の体で覆って守ろうとした。
　水緒も鈴音も子どもたちを急いでそばに集め、守るように自分たちの背後に回した。
　創士もはるなちゃんだけではなく、近くにいた子ども数人の手を摑み、その場にしゃが
ませた。

「〝川子《かわこ》〟だわ……」

水緒が舌打ちとともにつぶやいた。

「どうしてこんなところに川子が？」

水緒も冷静な声だったが、鈴音もまた瞬時に怪異の正体を見抜いたようだった。

「川子って？」

透き通った水に飲み込まれながら、創士は叫ぶように訊ねる。

「川から上がってくる子どもよ……伏せてっ！」

説明している間ももどかしそうな水緒が、尖った声で注意を促した。え、と創士が顔を上げたときには一足遅かった。

「川子は水を操り、水の中に何もかもを引きずり込もうとするあやかしなの」

水緒の言葉を頭に入れようとする創士の目の前で、川の流れから水の塊が群れから離れるように千切れて飛んだ。

すると透明な膜で包まれた、顔のない子どもがいきなり創士に向かって飛びかかってきた。

「……！」

川子は創士の顔に縋りつくと、そのまま創士は体ごと後ろに倒れた。途端に、顔に、全身に水の冷たさと圧力を感じた。

抗うことのできない勢いで、水中に引き込まれたかのように呼吸ができなくなる。遠くで水緒が、鈴音が、何かを叫んでいるのが聞こえたが、内容は聞き取れなかった。

(溺れる……!)

創士は息を止め、水の流れに抗おうとしたがすさまじい水圧に体を持って行かれそうになる。うっすらと目を開けると、分厚い水の膜の向こうは遮断されたように何も見えなかった。

一緒に散歩に来た先生や子どもたち。それらのいくつもの顔が心配そうに歪んで見える。創士だけが水の中に取り残されてしまったようで、心細い。

(何だか、子どもの頃にもこんなことがあった気がする)

創士の意識は水の中に溶けた。

＊＊＊

「むかし、ね」

何故か遠のきかけた創士の視界に現れたのは辰巳だった。辰巳はさらに不思議なことに和服を着ていた。初めて見る和装だったが、辰巳の長身と痩軀《そうく》には妙にしっくり来ていた。

（辰巳さん、着物着て和カフェでもやれば当たりそうだな）

創士は先ほどまで非常事態だったはずなのに、そんな埒《らち》もないことを考える。辰巳に提案すれば余裕の笑みを見せて「いいですね」と応じそうだ。

「この街には、一番川という川があって氾濫を起こしたことがあるんです。ここまではソウシくんも知っているでしょう？」

創士は混乱した。幻であるはずなのに、目の前の辰巳は創士の状況を把握している。

「ええ……」

曖昧に創士が頷くと、辰巳は静かな口調で言葉を続けた。

「その氾濫を食い止めたのが――あの鎮守の桜です」

（桜が、食い止めた……？）

確かにこの街の歴史を知る男性は桜の恩恵だ、などと信じているようだったが――本当に食い止める、なんてことがあるはずは。

「どういうことですか……？」

辰巳は口の端にほんのわずかな笑みを浮かべた。

「あなたなら、わかるはずです」

辰巳の言葉に、創士は妙な懐かしさを感じた。この次に辰巳さんが言う言葉を僕は知っている。――そう、創士は確信した。

「『桜の精の血を引くあなたなら』」

辰巳の声と創士の心の中の言葉が重なる。同時に、濁流に身を投じた見たこともない男の姿が創士の瞼に浮かぶ。男は決して屈強ではない。植物を連想させる細くしなやかな腕は、桜色の輝きを放っていた。

それでも手を広げ、ありったけの力をかき集めて水の流れに抵抗していた。その顔に見覚えがある気がした。不思議なことに。創士の意識が交わるところなどあるはずがないというのに、確信を持てた。

縁、という言葉が創士の脳裏をよぎった。

「お……父さん」

(あれが、僕の父親の姿なのか?)

力なくつぶやく創士に、辰巳の笑みはくっきりと強みを増す。

「……あなたになら、できるはずだ」

母親とまったく同じ言葉を、辰巳は揺るぎのない調子で告げた。

創士が目を開くと、川子はまだ創士に向かって手を伸ばしていた。

川子が創士にしがみつく力が強ければ強いほど、水流は増していく。

(この水は、幻……？)

冷たさも、感触もあるけれど口に入ったところで即座に命に関わるものでもなさそうだ。

気が付けば創士は冷静さを取り戻し、自然に呼吸をしていた。創士は手を伸ばすと、川子の体を捕えた。子どもの質感はありながら、奇妙に軽い。

「君は一番川に関係しているの……？」

創士が訊ねると、顔のない子どもの口の辺りに切り傷のような一本の線が生まれ、みるみるその線が太くなっていくと思うと、勢いよく水が噴き出した。創士はたじろぐが、ここで狼狽《うろた》えてはいけないとどうにか平常心を保とうとした。

「どうしてこんなことをするんだ？」

創士は水の圧力に押されながらも決して川子を離さなかった。

すると、川子の思いが創士の中に流れこんでくる。

〝苦しい〟

呻き声とともに、川子の思考と思われる言葉が創士に伝わる。「苦しい」と川子は創士に訴えていた。

「え……」

疑問を口にしかけた創士に応えるように、川子が再び念を強める。

〝水がない〟

(水が、ない……)

その返答に、創士のあるはずもない記憶の断片が明滅した。水をせき止め、そればかりではなく持てる妖力をすべてぶつけたことによって川の水が涸れてしまった。そこまでは氾濫を止めた男性の本意ではなかったはずだ。

男性は恐らく穏やかな性格で——危険さえ回避できればそれ以上の危害を加えることは好まなかった。

「君は、水が必要なんだね？」

創士は川子を必要以上に怖がることも、その動作にひるむこともなく落ち着いて訊ねる。まるで誰かに体を操られているかのように創士は何も考えなくても次の行動が頭に浮かんでいた。

「僕が戻すよ」

口から出た声は我ながら力強く、確信に満ちていた。創士には自分が何故不可能なことを言えるのか不思議でならなかったが、顔のない川子に笑みに似たものが浮かぶのを確かに創士は見た。納得して創士は言葉を続ける。

「川を元に戻すよ」

川子は口だけで、にいと笑った。

〝約束だよ〟

甲高い声で、川子は確かにそう言った。

5

「創士先生！　ソウシ先生っ！」

乱暴に肩を揺さぶられ、創士はふいに我に返った。創士は濡れてもいなければ汚れてもおらず、はるなちゃんとゆきとくん、いちやくんを守るような形でしゃがみ込んでいた。

はっとして創士は肩を揺すっていた水緒に訊ねた。

「川子は……？」

水緒は切羽詰まった調子の創士を呆れ顔で見た。

「覚えてないの？　あんたが……ひとりで川子を鎮めたよ」

水緒に続いて、鈴音も頷くがどこか腑に落ちない表情をしている。創士自身も気が付けば今の状態に戻っていた。

（川子はどうして諦めたんだろう？）

記憶を辿りかけた創士に、鈴音がつぶやく。

「川子と何か話したんじゃありませんか？　何か……代償を求められたとか」

鈴を振るような可愛らしい声音だが、的確に事態を把握している分ぞっとした。鈴音と水緒が創士の答えを待っている。

（そうだ。約束してしまったんだ）

川を元通りにする、なんて荒唐無稽な約束を――。

それきり口をつぐんでしまった創士に、水緒は何か言いたげな様子だったが鈴音にそれを制されて追及をやめた。

「まあいいじゃないですか。黙っていることで、自ずと答えはわかります」

助けてくれるのかと思えば、鈴音は容赦なかった。

（川子を騙《だま》してしまったのかな）

苦しそうな川子の思いを汲んだつもりが、はったりだけで約束をしてしまった。しかし創士との約束を素直に信じた川子は、子どもに危害を加えることもなく大人しく姿を消した。

はるなちゃんもけろりとしていたし、男の子ふたりも静止状態から急に元気に走りだし、創士は拍子抜けした。

たび重なる非現実的な体験に出くわしても、それほど騒ぎもせずパニックにもならない『さくらねこ』の子どもたちに創士は改めて感心するばかりだった。

（子どもってそういうものなのかな。それともここの子どもたちが特別なのか……）

「あんたもまだ自分で把握しきれてないんだろうけど、さくら先生にはちゃんと報告しておきな」

散歩からの帰り道、創士は水緒に釘を刺された。創士は水緒の目を見つめ、「はい」と小さく頷いた。とっくに水緒にも鈴音にも肚《はら》の中は読まれているだろうと思いながら。

『さくらねこ』に戻ると、さくら先生の姿が見えなかった。

「あれ？　さくら先生？」

水緒が真っ先にドアを開け、ずかずかと遠慮なく奥に進み入る。

さくら先生は仮眠スペースで横になっていた。『さくらねこ』の室内は決して広くない。体を休める場所は他にはなかった。

「大丈夫ですか？　具合、悪いみたいですね」

鈴音が近付くと、さくら先生はゆっくりと体を起こした。創士の心臓がまたどきん、と音を立てる。さくら先生が少しでも弱っている様子を見ると、創士の心は落ち着かなくなった。

創士にとってさくら先生は、決して揺るがない絶対的な存在で、それは過去においても未来でも変わりがないものと思い込んでいた。

さくら先生が倒れることは想像外で、創士は根本から脆《もろ》くも崩れ去ってしまうような錯覚に陥った。

「大丈夫だよ。今日はみんなお散歩に出かけてしまって誰も来なかったから、眠くなってしまっただけさ」

とんとんと肩を叩き、軽く伸びをするとさくら先生は立ち上がって創士たちの元にやってきた。その顔色は確かにそれほど悪くはなかった。創士はそれを見てほっとする。

さくら先生は一転、創士の目を覗き込むように見ると「川に気付いたね」と声を低めた。

「おまけに、川子に魅入られてもいる――」

創士は図星を突かれ、ぎくりとした。その場にいないのに、やはりさくら先生には事態を見抜かれていた。

黙っている創士を一瞥すると、さくら先生は呆れたように笑った。何かを諦めているような微笑み方に、創士はまたわけもなく胸がざわついた。

「そういう時期が来たんだろうね」

さくら先生は目を伏せ、静かにつぶやく。

「自分で望んで巻き込まれていったんだから、自力でどうにかするんだね」

「そんなあ……」

強気な発言はさくら先生らしい。創士は情けなく答えながらも少しほっとしていた。

さくら先生の体調に一喜一憂してしまう自分が情けなかった。

(他の先生たちは気にならないのかな)

創士は水緒と鈴音にさりげなく視線を走らせる。予想はしていたが、ふたりは必要以上に取り乱してはいなかった。

「さくら先生、トシなんだからさー。若ぶって動きすぎたんじゃないの?」

水緒が軽口を叩くと、さくら先生は「うるさい」と応じた。

「そうですよ……いくら私たちは歳の取り方がゆっくりだからって、無茶しないでください」

鈴音はさくら先生を諭すような口調で言う。

「さくら先生、自分が一番若い気でいるでしょう？」

呆れ顔で続ける鈴音に、さくら先生は動じる様子もなく胸を張る。

「あったりまえじゃない！　トシ取れば取るほど若くなってくようなもんなのよ」

「どうこの肌艶」と言いながらさくら先生は自分の両頬に手を当てた。確かにさくら先生の頬はぷりぷりとして艶もあるし、張りもある。恰幅がいいだけという話もあるが、張り倒されそうなので創士は黙っていた。

鈴音と水緒は顔を見合わせ、ため息をついた。

「やれやれ、だわよ。心配かけないうちに引退してよ？」

「そうですよ。さくら先生は事務員になればいいんですよ」

勝手に言い合う水緒と鈴音を、「年寄り扱いするんじゃないよ！」と一喝したさくら先生は、しかし娘ふたりに説得されているようでまんざらでもない顔つきだった。

「さくら先生の分は、丈夫な代役を雇えばいいのよ！　……っていうか」

「もう、いますよね……？」

言いながら気付いた水緒、そして鈴音が一斉に創士を見る。自分に話題が及ぶとは思わなかった創士はみっともないほど動揺してしまった。

「え？　……えっ？」

「そうだね、ソウシ先生にあたしの分までしっかり働いてもらえばいいんだ！」

ばーん、とさくら先生に背中を叩かれ、創士は思わず咳こんだ。

「厄介事を持ち込むだけじゃなくて、あたしたちを引っ張っておくれよ」

さくら先生の目は優しかったので、創士のわだかまっていた気持ちは少しずつ解きほぐされ、前向きなものに変わりつつあった。

「……はい」

やや照れながらも、創士はさくら先生に頷いてみせた。


さくら先生は表向きはいつもと変わらず元気そうに見えたが、よく観察していると以前より疲れやすく、子どもを追いかけまわすのも一苦労といった様子に見えた。

そこで創士たちはさくら先生をフォローしながら、他の保育士たちでなるべく体力を使う業務を回すことにした。さくら先生は電話予約や、新規のママとの面談、連絡ノートの書き込みなどの座り仕事を多めに行った。創士もずいぶん仕事に慣れてきたし、以前よりも体力がついてきた自負もある。さくら先生の代役、というにはおこがましいが少しは役に立てているだろう。

さくら先生への心配も、川子の一件も、生命力の塊のような子どもたちに全身で向かい合っているといつの間にか消し飛んでしまう。

創士は子どもたちのパワーに圧倒され、笑顔をもらいながら考える暇もなくせわしくお世話に追われていた。

子どもたちがお昼寝の時間になり、ようやく一息つける頃、創士はふと思い出した。

(そうだ。はるなちゃんのこと……さくら先生に報告しないといけなかった)

はるなちゃんは他の子どもたちと並び、すやすやと健やかな寝息を立てていた。見れば見るほどはるなちゃんはあどけなく、可愛らしい。

今は洋服の下に隠されている無数の傷。それをつけられたとき、はるなちゃんはどれほど泣いたのか。そしてはるなちゃんのママはどんな表情をしていたのか――想像を進めることが恐ろしく、目の前が暗くなるだけだった。

創士は寝入る寸前のはるなちゃんの髪を撫でると、決心して立ち上がった。

「さくら先生、あの……」

さくら先生はもう眠ってはおらず、連絡ノートを広げていた。前後に見えた「はるなちゃん」の文字で、はるなちゃんの連絡ノートだとわかる。

「はるなちゃんの、ママのことなんですが……」

さくら先生は黙って頷いた。傷のことを持ち出すまでもなく、さくら先生は知っているようだった。

「ママだって、あたしらがはるなちゃんの着替えをしたり、おむつを替えるだろうってことは想像するはずだ。だから……つまり、気付いて欲しいというサインなんじゃないかと思うんだよ」

「えっ……」

さくら先生の口から告げられたのは意外な見解だった。まったく想像していなかった創士は、そのまま黙ってしまった。

(自分が娘を傷つけたことを知って欲しい……？)

さくら先生は、連絡ノートをどんな言葉で埋めるべきか逡巡《しゅんじゅん》しているようだった。前後のページを見返し、首をひねる。

「はるなちゃんが来た初日からわかっていたよ。他の先生たちも、気付いてる。創士先生に抱っこされたときにひどく泣いたのは人見知りだけじゃなくて、何か危害を加えられることを本能的に恐れたのかもしれない」

さくら先生は手にしていたペンをくるりと回して、次の手を考える顔つきになる。

「あのママは、きっと限界寸前なんだ。このままだと自分ははるなちゃんを殺してしまうかもしれない。その前に、かすり傷のうちに止めて欲しいというSOSのサインだとは考えられないかい？」

「はるなちゃんを殺す!?　そんな……」

創士は大声を出しかけ、子どもたちが眠っていることを思い出して慌ててこらえた。

「明日の午後、はるなちゃんのママから話があると言われているんだ。今のはあたしの推測だけど、明日ママが話してくれればすべてが明らかになる」

さくら先生はそう言って、眠っているはるなちゃんに視線を向けた。

「あの子を守るのがあたしたちの仕事のひとつ。もうひとつの仕事は、はるなちゃんのママを助けること」

創士はさらに衝撃を受けた。さくら先生に言われるまで、はるなちゃんのママを完全な悪者だと思い込んでいた。育児や仕事のストレスを生まれて間もない我が子にぶつける憎むべき存在。そう信じて疑わなかった。はるなちゃんに付けた傷が、悩みや苦しみから生まれたものであるという発想は、創士には浮かぶ余裕もなかった。

（……はるなちゃんと、ママを助ける）

さくら先生には敵わないと思うと同時に、自分の未熟さも思い知らされる。

「わかりました」

力強く頷く創士に、さくら先生は苦笑した。真っ白な連絡ノートを見せながらため息をつく。

「今からそんなに気合いを入れてると、ママに不審がられるよ……それにしても何書こうかねえ」

さくら先生はいつまでもペンをくるくると回し続けていた。

「どうせ明日会うわけだしさ……でも、どんなことにも理由がある。それを忘れちゃいけないよ」

連絡ノートを睨《にら》みながらつぶやくさくら先生はとても彼女らしく、創士は安堵の気持ちとともにもう一度強く頷いた。

6

「ソウシくん、ソウシくーん！」

その日の仕事帰り、ビルの入り口まで下りると買い出しの帰りらしき辰巳に声をかけられた。両手には食材がたくさん詰められたビニールがひとつずつ提げられている。

「あ、辰巳さん」

「お買い物ですか」と創士は荷物を見ながら訊ねた。普通、買い出しは開店前に済ませるんじゃあないだろうかと思いながら。

「ソウシくん今、暇？」

どこか切羽詰まった調子で言われながら、反射的に頷いていた。

実際、家に帰る以外の予定などなかった。少々疲れてはいたが、誰かと話したい気分だった。

「よかった！　じゃあ、うちの店で食事をしていきませんか？　……ああでも、おうちで用意されているかな」

辰巳はぱっと顔を輝かせたかと思えばしょげた顔つきになる。忙しい美形だ。

「大丈夫ですよ、夕食を食べなければ僕の分は明日に回されるだけですから」

創士の返事を聞くと辰巳の顔が再び輝く。創士は何だか人助けをしているような気分になってしまった。

「よかったー。実はね、試作品のメニューの味見をしてもらいたいんです。あ、そんなわけですからもちろん無料ですよ！」

　ニコニコと大人にしては無防備すぎる笑顔で、辰巳は妙に張り切っている。

「荷物、持ちますよ」と創士が提案すると、辰巳はひらひらと手を振ってそれを断った。

「もうお店に入るだけですから」

（確かに）

　創士は何だか急に恥ずかしくなってきた。しかし、驚異的に料理がうまい辰巳の試作品にありつけるとあって、抑えきれず創士のテンションは上がってしまう。

「……ところでお店はいったん閉めてあるんですよね？」

「え？　ううん。開いてるよ」

　辰巳は無邪気な顔で否定する。どんな表情をしていても、辰巳は絵になるのだから呆れる。

「今日はやけにお客さんが絶えなくて、フードメニューもたくさん出て、材料が足りなくなってしまったんですよ。で、やっとお客さんがひとりになってその人がうちの常連さんだから店番してもらってるんです」

　悪びれることもなく、辰巳は「まあよくあることなんですけどね」などと笑っている。

（よくあるのかい！）

　創士は心中でツッコミを入れた後、呑気に構えている辰巳をせかした。

「辰巳さん、こんなところで立ち話してる場合じゃないですよ」

「え、なんで？」

きょとんとした顔の辰巳に、創士は心底呆れてしまった。

「お客さんに悪いじゃないですか！　ほら早く」

「えー、だって。ゆっくり行っておいでって言ってくれたよ？」

「それは建前です！」

（まったく空気、というか真意が読めない……って神様だから仕方ないのか？）

創士は悪気のひとかけらもない辰巳の笑顔を見ていると、いつもいい意味で戦意を喪失してしまうのだった。

「ソウシくんは相変わらず優しい男の子ですね」

辰巳はそう言って、くっきりと美しい微笑みを見せた。思ってもいないところで褒められ、創士は赤面してしまった。いつも創士は辰巳に翻弄されてしまう。そして悔しいことにその差は縮まることがないのだ。永遠に。

「永田《ながた》さんお待たせしました、戻りました！」

辰巳が先頭に、創士はその後ろに寄り添うようにして店に入っていく。カウンターで静かに本を読みながらコーヒーを飲んでいた男性が辰巳の声に顔を上げた。

その途端に、

「あっ！」

「あ……」

創士と男性は驚きの声を上げ、自然にお互いを指差していた。事情を呑み込めない辰巳だけがふたりの顔を交互に見比べている。

「図書館の……」

そこまで言ったものの言葉が続かない創士に、男性はやわらかく微笑んだ。

「またお会いできましたね」

「なんだなんだ！　ふたりは知り合いだったんですね」

創士は先日、偶然に図書館の郷土資料コーナーで話をした経緯を辰巳に説明した。

「僕はこのビルの上階の託児ルームで働いていて、辰巳さんのお店にはお世話になっているんです」

改めて自己紹介をする創士に永田さんも頭を下げ、控えめに微笑んだ。

「私もこの店には大変お世話になっております」

辰巳は創士と永田さんを見比べ、何故だか嬉しさを隠しきれない様子だった。「こりゃあ腕を振るわないわけにはいきませんね」と辰巳は息巻く。

「知り合いというか、まあこれからお友達になってもらえますかな……」

永田さんは、『喫茶 叶』の店内のインテリアにしっくりと馴染んでいた。彼の紳士的な雰囲気と、大切に手入れされてきたアンティークの調度品はよく似合う。

「こ、こちらこそ……」

創士は恐縮しながら、しかしこの偶然の再会を喜んでいた。同じ町内とは言え、再び彼に会うことを創士は密かに望んでいたのかもしれない。

「永田さんももしお時間よろしければ、夕食をご一緒しませんか？　こちらの青年、ソウシくんと一緒に」

「ええ、ぜひ」

永田さんが微笑むと、辰巳はいよいよ張り切り始めた。腕まくりをし、買ってきたばかりの食材を洗い始める。素晴らしい手際のおかげで、ほどなく店内にはいい香りが立ち込めてきた。

「さあ、どうぞ召し上がれ。試作品の……ビーフストロガノフです」

辰巳が創士と永田さんの前にそれぞれ平皿を置いた。淡い色のソースにはサワークリームが添えられ、サフランライスも色鮮やかで匂いとともにいきなり食欲を刺激された。

「ほう、これは……」

「美味しそう……」

皿の中を凝視する永田さんの隣で、創士は待ちきれずにスプーンを手に取った。

「カレーは以前からランチに出していましたが、たまには違うものもいいかなと思いまして、挑戦してみたんですよ」

辰巳の説明もそこそこに、創士は「いただきます」と素早く手を合わせ、ビーフストロガノフを口にする。

「うっ……！」

「どうしました……？」

辰巳と永田さんが心配そうに見守る中、創士は大きく呻いた。そして体をぶるぶると震わせると続けてせわしくスプーンを動かす。

「あり得ないほど美味しいです」

ふふふ、と辰巳は余裕の笑みを見せた。答えは聞くまでもなかったのだろう。

「本当だ。これは……大変美味しい。初めて食べましたが、こんなに美味しいものは久しく食べていないかもしれません」

永田さんもその味を絶賛した。牛肉はやわらかく煮込まれ、ソースも酸味とコクのバランスが抜群だった。それに玉ねぎの甘みも加わり、やや硬めに炊かれたサフランライスとの相性も良く、いくらでも食べられそうだ。

「よかった！　おふたりがそう言ってくださるならランチメニューに加えてみようかな」

辰巳は嬉しそうに両手を合わせ、瞬く間に完食してしまった創士を眺めていた。永田さんもゆっくりと上品に、最後の一口を食べようとしていた。

「今度はランチで絶対食べに来ます！」

創士は満足して辰巳にお礼を言う。永田さんも「ごちそうさまでした」と手を合わせた。「お粗末様でした」と辰巳は頭を下げると、すっかりきれいになった皿をカウンターの向こうに下げた。

「食後のコーヒーも淹れましょうね」

辰巳は休みなく手を動かす。そこまでご馳走になっては申し訳ない、と創士は辰巳に支払いをする旨を告げようとした。しかし、辰巳は目を伏せ、創士が口を開く前に言った。「さて」と小さく息をつく辰巳は、敢えてカウンターの向こうへ視線を送らなかった。

「ソウシくんを川へ導いたのは、あなたですね」

創士は咄嗟に隣に座る永田さんを見た。顔色を変えず、身じろぎもせずに、永田さんは静かに座っていた。姿勢がよく、改めて美しく年齢を重ねた人だと創士は場面と関係のない感想を持つ。

「今頃になって川を操っているのも――」

辰巳は目を上げる。永田さんも目を上げ、ふたりは正面から見つめ合った。どちらも逸らすことなく強い視線をぶつけ合う。

「川を操る？　どういう意味ですか……？」

創士は辰巳が告げた言葉の意味がわからず問い返す。永田さんに向き直り、創士は彼に向かって問い詰めた。

永田さんはそれまで表情を変えなかったが、ふいに破顔すると辰巳を挑むような目つきで見た。

「……この街は化け物だらけになってしまいましたな。責任の一端はあなたたちにあります」

彼のまとっていた空気が穏やかなものから冷たいものに変わっていく。目の色も、別人のように剣呑だ。創士は隣でその変貌ぶりに驚いていた。

「あなただって、私たちの仲間でしょう？」

辰巳が言い返すと、永田さんは嘲笑を浮かべた。「仮にもあなたは龍神だ」と吐き捨てるように永田さんは言った。

「下等な化け物たちと仲良くして、街の風景を汚していく。私にはそれが我慢ならんのです」

永田さんは声を低め、怒りに体を震わせていた。創士は少しずつ状況を把握しつつあった。

（川子を操ったのも、ひょっとしたら桜の木を弱らせたのも……永田さんのせいなのか？）

創士は図書館で優しく声をかけてくれた永田さんが、陰で糸を引いていたことにショックを受けた。何の疑いもなく、的外れな正義感で突っ走った自分にも嫌気がさしていた。

（僕は、また何にも見えていなかったんだな）

落ち込む創士の正面で、辰巳はあくまでも冷静だった。微笑みこそ浮かべていないが、少し声を和らげる。

「永田さん、いいえ……川の神とお呼びするべきでしょうか」

辰巳は慈しむように言葉を続けた。ささくれ立っていた創士の心も、辰巳の優しい声音が撫でてくれるようだった。

「街は変わっていくものなんです」

辰巳の言葉に、永田さんは顔を上げた。驚きと狼狽。様々な感情が入り混じった表情で永田さんは辰巳を見つめる。

「この世の道理は我々が決めるのではなく、その土地に生きている人たちが決めるもの。街が変わり、風景が変わっていくのは自然なことなんです。喜ばしいことなんです。我々はこの街の人を助け、共存する。たとえそれがあなたの目には不自然に映ったとしても、それが私たちの決めた使命なんです」

(街が変わり、風景が変わるのは自然なこと)

創士の胸にも辰巳の言葉は深く突き刺さった。永田さんは愕然としてうなだれていたが、ゆっくりと顔を上げた。その口からは掠れた声が漏れた。

「……私は長い間眠っていたんだ」

永田さんは、独り言のように静かに語り始めた。

「若い頃の私は荒くれ者で、自分は万能だと思っていた。川を氾濫させたのも、人々を懲らしめてやる、そんな軽い気持ちだったはずだが気が付けばやり過ぎてしまった」

腕を組みかえ、再び俯き永田さんは言葉を続ける。創士も辰巳も言葉の続きを待った。

「はっと我に返ったときには荒れ狂う川の水と、逃げ惑う人々の姿があった。私は力を制御できずに一本桜の精霊に鎮圧された。そこまでしか覚えていないんだ……次に目を覚ますと」

永田さんの目には悲しげな色が浮かんでいた。

「街は変わり果てていた。川が涸れていたことにも愕然とした。私は根城を失ったようなものだった。街中をさまよい、汚れて荒れた街の現状に気が付けば恨みを募らせていた……」

辰巳は口の端に微笑みを浮かべる。ちょうど話が途切れた頃合いにコーヒーの抽出が終わった。辰巳はカップに熱いコーヒーを注ぐと、永田さんの前に置く。

「でも永田さんは、この店に通ってくれましたよね」

どうぞ、と辰巳はコーヒーを勧める。呆けたような表情で永田さんはカップを手に取ると、しばらくカップを凝視した後、静かな笑みを浮かべた。何かを諦めたような、寂しそうな笑みだった。

「この店は、昔から変わらない匂いがしたから……」

辰巳は鮮やかに微笑むと、永田さんが美味しそうにコーヒーを飲む姿を見守っていた。

「その通りです。この店は古いですからね……変わらない良いものも、変わって良くなったものも両方あって、どちらも悪いものではないんです。永田さんもこの街に暮らす、子どもたちの笑顔や若者たちの楽しそうな姿をご覧になったでしょう」

永田さんはカップをカウンターの上に置くと、再びうなだれた。誰もいない店内に、カップを置くことん、という音がやけに響いた。

「あなたの言う通りだ……。私は、図書館でこの青年に会ったとき、確かに嬉しかったんだ。今どきの子も捨てたもんじゃないと思わず高揚してしまった。それなのに私は……」

創士は永田さんを見る。初めて会ったときの永田さんは、創士が街の歴史を調べていると知ってとても喜んでくれた。あのときの笑顔は嘘ではなかったのだ、と思うと創士は救われる思いがする。

そのときから素敵な初老の紳士だと思っていたけれど、告白を聞いた今も、創士の印象は変わっていなかった。きれいに年齢を重ねた永田さんの姿には誰もが憧れるだろう。容姿には結局、その人の性質が堆積する。永田さんが素敵に見えるのは、——きっと永田さんも、この街を愛しているからなんだ。

ぼんやりとそんなことを考えていた創士はいきなり背中を叩かれて我に返った。永田さんが切羽詰まった顔をして創士を覗きこんでいた。

「君、ソウシくんと言ったかな？　急いで一本桜の元に行くんだ！　今ならまだ間に合う」

永田さんの口調から、事は一刻を争うのだと創士も察した。

「気の迷いとはいえ、本当に済まないことをしてしまった。早く行ってくれ！」

「は、はいっ！」

創士はカウンターのスツールから飛び降りると、辰巳と永田さんに一礼をしてリュックを背負った。体は自然に神社に向かって走り出していた。

永田さんは走っていく創士を見送ると、カウンターに視線を落とした。

「もう一本桜に会うことはできないんだね……私を堰き止めるために、力を使い果たしてしまったようだ」

頷いた辰巳も少し寂しそうに目を伏せ、永田さんの言葉に付け加えた。

「あれ以来、彼は人の形を取ることもできず、文字通り桜の木になってしまった……でも」

目を上げた辰巳は、微笑みを浮かべていた。

「私も永田さんも、すでに彼に会っています。これからも会えますよ。彼の生き写しにね」

永田さんは呆けたように辰巳の顔を見つめていたが、「ああ」と嘆息した。

「そうだね……本当によく、似ている」

7

神社に辿り着き、一本桜を目がけて休むことなく走っていた創士は自分の目を疑った。弱っている桜の木を取り囲むように、透明な細い糸が桜をすっぽりと覆っていた。それも、蜘蛛《くも》の糸を連想させるごく繊細な糸が幾重にも折り重なっているのだった。

「なんだ、これは……」

呆然と桜の木を見上げ、創士はつぶやいた。以前、弱っていた桜の木を見て以来だが、こんな変わり果てた姿になっているとは予想していなかった。何かに似ている、と考えかけてふいに閃《ひらめ》く。

「繭……」

創士は咄嗟にそう思った。桜を包み込む糸は、キラキラと月明かりを浴びて輝いていた。あまりにも現実離れした風景に創士は一瞬我を忘れて見とれてしまったが、すぐに永田さんの忠告を思い出し、桜の木に駆け寄った。

桜の木は透明な糸でできた繭に包まれ、そのまま土に還ってしまいそうに見えた。外界から望んで遮断されているようにも、このまま人目に触れずに朽ちて行ってしまいそうにも――。

しかしそれが、桜の木の意思とは思えなかった。きっとこれは「川の神」が行った報復に違いない。創士は理性をかなぐり捨てて桜の木にしがみついた。

「お願いだから枯れないで……」

泣き出しそうな思いで木肌に触れようとするが為す術もない。それでも何か手立てはないかと創士が糸に手をかけると、触れたそばから糸は水に変わった。創士は夢中で幾重にも重なった糸を剝がしにかかった。

しかし糸を断ち切るたびに創士は冷水を浴びせられ、瞬く間に全身がびしょ濡れになった。そして、切っても切っても糸の重なり具合は途方もない。

(そうか。これは水の結界……)

諦めずに一本、また一本と創士は糸を断ち切っていった。頭上から降ってくる水が創士を濡らし、髪からはしずくがしたたり落ちていた。

創士がすべての糸に手をかける頃には、桜の木の姿は顕わになってきていた。冷たさで手は震え、全身は冷え切っていた。けれども創士は手を休めなかった。

「もう少し……だから」

(頑張れ)

自分と桜の木に言い聞かせるように水の糸と戦い続けるが、濡れた体はいよいよ冷え、創士はだんだん気が遠くなってきた。すると桜の枝が微かに震え、創士を呼ぶように揺れた。

「え……？」

創士は思わず、桜の木に向かって手を伸ばす。そして、創士の手に触れたのは、紛れもない誰かの手の感覚だった。その温かい手は創士の手を励ますように握る。束の間、創士と触れ合った手は最後にぎゅっと力を込めて創士の手を包むと、ハラハラと崩れ去るように消えてしまった。消える間際に創士が目にしたのは、淡いピンク色の――桜の花びらだった。

「お父さん……？」

見たことがあるわけがない。出会ったことがあるはずがない。しかし創士は確かに知っていた。華奢で優しげな容姿をした、安らかな笑顔を見せてくれる人――。

創士の目の前で、音を立てて最後の糸が断裂すると、創士はその場にくずおれた。

〝約束、ありがとう〟

全身が水浸しになった創士の頭を、小さな手が撫でてくれる。夢うつつのうちに、創士は思い出していた。無邪気に創士の体に乗り、遊んでくれとじゃれつくような動きに覚えがあった。

（ああ、川子か）

約束？　川を元に戻すっていう……あの、口から出まかせを言ってしまったこと。ちゃんと川子に謝らなきゃ。

「ごめん。僕は、君との約束を守れなくて……」

しかし、そこまで言ったところで創士の意識は途絶えた。川子はいつまでも、創士の頭を撫でてくれていた。創士はわずかに開いた目で川子の笑顔を見たような気がした。

暗闇の中で、ぽっかりと開かれた赤い口が微笑みの形に吊り上がっていた。

そこからどうやって家に戻ったのか、創士はまったく覚えていなかった。母親に聞いたところでは、雨も降っていないのにびしょ濡れで、「寝る」とつぶやくと着替えて倒れ込むように眠ってしまったのだという。

「熱でも出すんじゃないかと思ったけど、元気そうね」

朝、目覚めてキッチンに姿を現した創士に、母親はそう声をかける。そこで初めて、創士は自分が自力で家に帰ってきていたことに気付いた。目覚めは悪くなかった。

「仕事、行けるの？」

「……うん。何だか体が軽いぐらいだ」

嘘ではなく、創士の体は軽かった。ぐるぐると腕を回すと、体中に力がみなぎっている感じさえある。

（結局、僕は桜の木を救うことができたんだろうか？）

手と手が触れ合ったときの不思議な懐かしさ。創士は、何度も自分の手のひらを見つめていた。母親はそんな創士を見ても仔細を訊ねず、ひっそりと微笑みを浮かべた。

午後になり『さくらねこ』に創士が出勤すると、さくら先生が赤ちゃんを背負って、構って欲しいと騒ぐ子どもたちを追いかけ回して遊んでいた。以前のさくら先生以上に、今日のさくら先生は元気だ。創士は嬉しくなりながらも、訊ねてみた。

「あー、さっき目が覚めたらさ。何だかすごく体が軽くて。ちょっと前までのだるさや頭痛が嘘のようなんだよね」

「……それは良かったです。僕も、今日は体調がいいんです」

答えた創士を、さくら先生は目を眇めてみた。心の中を見透かされている、と創士は思わず身構える。

「あんた、何かやったね？」

さくら先生は、ずいと創士に歩み寄る。創士は言い淀んだ。「あの、その……」と説明に苦心していると、呼び鈴が鳴った。

創士がインターフォンに出ると、名前を告げたのははるなちゃんのママだった。抱っこ紐ではるなちゃんを抱いている姿も見える。短期間でかなりやつれたように見えた。

「さくら先生、はるなちゃんのママがいらっしゃいました」

創士が告げると、さくら先生は特段身構える様子もなく入り口に向かっていった。創士はひとり、緊張を隠せなかった。

「はいはい。いらっしゃい。じゃあ、はるなちゃんは創士先生に見てもらおうかね。ママは……ここじゃ話しにくければ下の喫茶店にでも行きますか？」

さくら先生は気さくに話しかけ、はるなちゃんを創士の腕に預ける。はるなちゃんは道中で眠くなってしまったのか、うとうとしていた。はるなちゃんのママはやや硬い表情をしていたが、「いいえ」と小さく首を横に振る。

「ここで大丈夫です。さくら先生はもちろん、他の先生たちにもお詫びしなければならないんです」

はるなちゃんのママはそう言うと、突然深いお辞儀をした。創士もさくら先生もわけがわからず面食らう。

「ちょっとママ、いきなりどうしたんですか？　謝るなんて……」

「私なんです」

頭を上げさせようとさくら先生が取りなすように言った言葉を、はるなちゃんのママが遮った。

「ここを荒らしたのは……私なんです」

はるなちゃんのママは俯いていた。創士は予想外の告白に、はるなちゃんを抱いたまま動けなくなってしまった。はるなちゃんは変わらず、安心して創士に身を任せている。

「どうして、そんなことをしたの？」

さくら先生は、怒る様子もなく、はるなちゃんのママの両肩に手を置いた。彼女の表情が揺らぐ。泣き出す寸前のような顔は、ひどく幼く見えた。

「わかりません……自分でも、どうかしていた、としか……ただ、感謝しなければならないはずの先生たちがとても楽しそうで、輝いて見えて……嫉妬してしまったんです」

（輝いている……？）

毎日へとへとで、なりふり構わず汚れることも厭わずに働いている自分たちをそんなふうに見ている人がいるとは思いもよらなかった。

はるなちゃんのママは、小さく息継ぎをすると、話し始めた。

「私はあのとき……ここを荒らしてしまったとき、すべてにとても行き詰まっていました。仕事も新しいものを探している途中で、夫は毎晩帰りが遅くて……初めての育児は戸惑ってばかりでしたが相談できる人もいませんでした。だからと言って、私のしたことは犯罪ですが、反射的に行ってしまったとしか言いようがないんです。本当に、すみませんでした」

深く反省をしている様子で、はるなちゃんのママは床に膝をつき、土下座をした。

「そうでしたか……あなたが」

さくら先生ははるなちゃんのママの手を取り、元の姿勢に戻した。優しく背中に手を添えると、預かっている子どもたちにするようにそっと撫でる。

「でも、どうしてここに入ってこられたんですか？　日曜日はここはお休みで施錠されているはず……」

創士は思わず口を挟んでしまった。はるなちゃんのママは創士の問いに対して緩く頷く。

「それは……実は私は一昨年まで、このビルの二階の美容室で働いていたんです。だから、このビルのオーナーさんとは顔なじみでした」

確かに『さくらねこ』のひとつ下の階は美容室だった。意外な事実に創士は目を見張る。

「日曜日に美容室も営業を終えた後、オーナーさんに連絡をして、今は『さくらねこ』で働いていると嘘をつきました。それで、忘れ物をしてしまったからこっそり取りに入りたいとお願いすると、顔なじみだったせいか何の疑いもなく鍵を貸してくださいました……」

話しながら、はるなちゃんのママは再びうなだれる。

「私はオーナーさんも騙して、皆さんにもご迷惑をかけて……反射的に行動した後、後悔と同時に自分が恐ろしくなりました。だから……こうして、お詫びに参りました。さくら先生、私、警察に行きます」

そこまで話すと、はるなちゃんのママはきっぱりと顔を上げた。告白し終えたことで、気持ちに区切りがついたようだった。

(まさか、ここを利用している親御さんが犯人だったなんて)

創士は気が付くと、はるなちゃんを強く抱きしめていた。力が強かったかもしれない、と慌てて緩めると、はるなちゃんは小さな手で創士の指を握った。その仕草が本当に可愛く、創士ははるなちゃんの寝顔を見つめる。

もうひとつ、創士には確かめなければならない重要なことがあった。勇気を振り絞り、創士ははるなちゃんのママに目を合わせた。

「あの……もうひとつだけ教えてください。はるなちゃんの、傷のことです」

創士の言葉に、はるなちゃんのママは弾かれたように顔を上げた。しばらく小さく肩を震わせていたが、さくら先生に促され、ゆっくりと口を開いた。

「こんなことを話した後では信じてもらえないかもしれないですが、あれは……私がつけたものではないんです。はるなが、寝ているときに掻きむしってしまうようで手袋を嵌めさせたり、服で覆ったり工夫をしたのですが、なかなか良くならなくて……」

創士はまたショックを受けた。はるなちゃんのママは、両手で顔を覆うとこらえきれずに泣き出してしまった。

「皮膚科や小児科に連れて行くたびに……私は疑いの目を向けられました。私が帰った後に児童相談所に電話されたかもしれないと思って、はるなを連れ歩くのにもなるべく人目につかないようにするほどで……」

なおも話を続けようとするはるなちゃんのママを、さくら先生がふわりと抱き締めた。

はるなちゃんのママは、さくら先生の胸に顔を埋め、声を上げて泣いた。今まで誰にも言えなかった想いが、一気に溢れて止まらなくなったようだった。

「ごめんなさいね……実は少しだけ私たちも、ママを疑ってしまいました。でも、ママはいつも、はるなちゃんの体を気遣って丁寧な手作りのお弁当とはるなちゃんの体調のメモを持たせてくれますよね……愛情がなければできるわけはありませんよね」

目を真っ赤にした顔で、はるなちゃんのママはさくら先生を見る。そして泣いてしまった自分を恥じるように、そっと目を伏せた。

さくら先生ははるなちゃんとママを見やってから、創士にも笑顔を見せた。

「あたしはあの事件があった後も警察には届けませんでしたし、これからも届けるつもりはありません。こうして謝りに来てくれて、すべてを話してくれたことで、まあ平たく言えばチャラにしたいと思います」

「さくら先生……」

驚きの余り、はるなちゃんのママはそれ以上何も言えなくなってしまった。さくら先生は相好を崩し、ママの肩を気安くぽんぽんと叩く。

「初めて会ったときから真面目そうなママだなあと思ってたのよね。もっと、周囲の人を頼りなさい。旦那さんや、家族に助けてと言うのは恥ずかしいことじゃないのよ」

さくら先生がそう言ったところで、目を覚ましたはるなちゃんが「だあ」と声を上げた。その可愛い声に、ママの顔が少しだけほころぶ。

「あら、起きちゃったね。おはよう、はるなちゃん」

さくら先生は小さくはるなちゃんに手を振る。それから再びママに向き直ると、一言ずつ諭すように言った。

「はるなちゃんは、確かによく体を自分で触っているからアレルギーがあるのかもしれないですね。よかったらあたしの知っている皮膚科のお医者さんにかかってみませんか？　とても親切なお医者さんでね……もちろんママに疑いを向けたりするような人じゃないから」

ありがとうございます。そう、小さくつぶやくとはるなちゃんのママはまた涙ぐんだ。

しかし創士の抱っこしているはるなちゃんがぷくぷくした腕を突き上げて「ばあ」と声を上げたことで、ママに笑顔が戻った。

「はるなちゃんも賛成みたいだね」

創士も、さくら先生のツッコミに笑ってしまった。はるなちゃんは手足をバタバタ動かして嬉しそうにママのほうへ行こうとしていた。創士がはるなちゃんをママの手に渡すと、ふたりは顔を見合わせて笑う。小さいはるなちゃんがママの顔に手を伸ばすと、ようやく涙の乾いたママは心からの笑顔を見せた。

その姿はどこからどう見ても娘想いの母親と、ママが大好きな赤ちゃんという微笑ましい親子だった。創士はふたりを見ながら安堵のため息をついたのだった。

8

「いやー、今回ばかりはあたしも一本取られたね」

はるなちゃんのママの一件の後、推測が外れたさくら先生はさすがに悔しがっていた。「体調が本調子じゃなかったからだ」と言い訳をしたり、「ま、あたしだって間違えるときもあるさ」と開き直ったりもした。

創士は創士で、部屋を荒らしたのが人間の仕業だとはまったく考えていなかった。それどころか、虐待を疑うような発言もしてしまい、軽率だったとまたもや反省していた。

（はるなちゃんに関しては、今までずっと予想を裏切られてばっかりだ……）

はるなちゃんのママはあの後すぐに新しい仕事を見つけた。さくら先生が紹介した皮膚科に通い始めるとはるなちゃんのアレルギーが明らかになり、適切な処置を受けたことによって順調に傷も治りつつある。

はるなちゃんは動きもだんだん活発になり、もう少しでつかまり立ちも始めそうな勢いだった。最近では創士があやすとよく笑ってくれる。大人たちが世事に振り回されている間にも、はるなちゃんは成長しているのだ。

そんな日常が戻りつつあった日、突然永田さんが訪ねてきたのだった。応対したのはたまたまさくら先生だったのだが、インターフォン越しに覗きこむとおっ、とくぐもった声を上げた。その様子に、それぞれの業務に追われていた創士たちも入り口を見る。

「ひょっとして、純ちゃん?」

インターフォンに出たさくら先生が声を上ずらせるのは珍しいことだ。それも、どことなく浮き足立っているように見える。創士は水緒と、続いて鈴音と顔を見合わせた。ミヨ子先生だけは笑いを堪えているように見えた。

そして、開かれたドアの向こうには、照れ笑いを浮かべた永田さんが立っていた。

「さくらちゃん、久しぶり」

そう言って永田さんは頭をかいた。「今日は創士くんに用事があったんだけどね……」と歯切れの悪い言い方をしながらも、どこか嬉しそうだ。

永田さんがここに来た要件を告げる前に、さくら先生がマシンガントークで遮った。

「純ちゃんちょっとどうしたの⁉　すっごい久しぶりじゃない。ずっと姿見ないから心配したわよ！」

呆気に取られ、ぽかんと口を開けている永田さんをよそにさくら先生はまくし立てた。

「あたしもすっかりおばさんになっちゃってさ。恥ずかしいったらないわよ……ってまあ、純ちゃんもおじさんか。でも、純ちゃんは相変わらずいい男だわね」

「さくらちゃんだって……変わらないよ」

永田さんとさくら先生は見つめ合い、創士たちは内心大いに動揺しながら目配せをし合った。

「何ですかね……この感じ」

創士が水緒に耳打ちすると、水緒は苦笑した。

「元カレかなんかじゃないの？」

「もっ……⁉」

叫びかけた創士の口を、鈴音が押さえた。水緒の発言はあまりにもあっさりしていて、鈴音はやんわりと押さえているようで容易に動けないほどの力だった。

もが、と創士は鈴音の手の下で抗議した。鼻と口、両方ふさいでいるのは故意ではあるまいか。

「もう、おふたりともデリカシーというものはないんですか？」

可愛らしい笑みとは矛盾する力強さで、鈴音に押さえつけられ「やめてくらはい」と創士は懇願した。

（この人ドSだ。間違いない……）

「うふふ。わかればいいんですけど」

ようやく鈴音に解放され、創士ははあはあと肩で息をした。水緒も面白そうに創士を見ているが、それは間違いなく獲物を捕らえるときの目だ。創士は思わず後ずさりする。

（冗談だろ。水緒先生は見るからにドSだし）

ドSふたりにいじり倒される職場はごめんだ。いくら美人でも……創士は気の遠くなるような思いでそんなことを考えていた。

「ふたりとも、創士先生で遊ばないの」

ミヨ子先生がどこかおかしい助け船を出してくれるが、ふたりはミヨ子先生の言うことなら素直に聞く。やや物足りなさそうではあったが、ふたりは牙を引っ込めた。

「……あら、そう言えば純ちゃん。今日は急にどうしたの？」

自分で話す隙もないくらいまくし立てておきながら、さくら先生はきょとんとした目で訊ねる。その場にいた全員が「やれやれ」と呆れ顔になる。

「ひょっとしてお孫さんをウチに預けたいとか？」

「いや、私は……独り者だから」

永田さんはぽつりとそう言うと、改めて創士のほうへ向き直った。

「そうそう、さっきも言った通り今日は、創士くんに用事があって」

「僕、ですか？」

永田さんが自分に用事があるなどとは思わなかった創士は、面喰らってしまった。さくら先生と永田さんが知り合いというだけでも十分驚くのには値するのに。

「……一番川が復活したんだ」

永田さんの言葉に、全員が大きな声を上げた。室内で遊んでいた子どもたちも面白がって入り口に集まる。

「えーっ？」

「えーっ!?」

大人たちが驚く真似をしながらぴょんぴょんと跳び上がっている。

「……と言っても、ちょろちょろと一筋水が流れているような川とは言えないような川だけどね」

そう言った永田さんは、鮮やかで美しい笑顔を見せた。さくら先生は、創士と永田さんの一件を知らないはずだったが、訳知り顔で頷いた。

「純ちゃん、あんた」

「ん？」

さくら先生は勝ち誇ったような笑みを浮かべて、言った。

「あんたに悪役は似合わない。昔からあんたは、この街のみんなの憧れだろう？」

永田さんは束の間、言葉を失った。それから口の端だけを持ち上げると、優雅に笑った。

「さくらちゃんこそ、この街そのものだ」

降参するようにつぶやいた永田さんに対し、さくら先生はいたって強気な姿勢を崩さなかった。

「まあね」

すっかり完全復活を遂げたさくら先生は得意げに胸を反らせた。


迷った末に、創士は母親を誘って一番川を見に行くことにした。その帰りには、神社の桜の様子も確かめたいと思ったが、それは母親を誘うべきか迷っていた。

しかし、朝起きてみると母親は静かにリビングで本を読んでいた。その横顔を見たら、自然と口にしていた。

「一本桜と一番川を見に行かない……？」

母親は読んでいた本から顔を上げると、誘われることを知っていたかのように頷いた。

そして確信に満ちた笑顔で創士を見た。

「街の風が変わったような気がするわ。あなたの調子も、元に戻ったんじゃない？」

（さくら先生も何でもお見通しだと思ったけれど、母さんもだな）

創士は苦笑した後、素直に頷いた。

「うん、そうなんだ。いろいろなことが解決して、いい方向に進んでる」

頷いた母親は、少し嬉しそうに、そして報告を聞く前から承知しているように見えた。

長距離を歩くことを考慮して、母親も軽装で珍しく本格的なスニーカーを履いていた。

普段は家で読書などをしてのんびりと過ごすことが多いイメージなので創士は少し意外に感じた。

「そういう靴も持ってるんだね」

創士が声をかけると、母親は照れ笑いをした。笑うと時々少女のように見えるのも、保育士の仕事を始めてから気付いたことだった。

「お母さんにだって、創士が知らないこともあるわよ」

(知らないことだらけだ)

創士は改めてそう思う。父親との出会いや、夫婦になったきっかけやそのやり取り。僕が生まれてから街を転々としたこと。いや、もっと言うならば、何故創士をひとりで育てようと思ったのか――。

いくつもの疑問が浮かんでは消える。が、そのうちのひとつは、創士も訊ねなくとも肌で答えを感じ取っていた。

「この街に長くいるのは、ここの風景が好きだからなんでしょう?」

創士が訊ねると、母親は曖昧に笑った。

「そうねえ。改めて考えたことはなかったけれど、そうなのかもしれないわね」

話していると、ゆっくり歩いていたはずなのにもう目の前に川の跡地が見えてきた。離れていても聞こえる、ちょろちょろと可愛らしい水音。近付いてみると、水の筋は太いものではなかったが流れが絶えることはなかった。

これから長い時間がかかったとしても、一番川はまた人々の暮らしに添う川に戻る。そんな未来を想像させた。

「……涸れた川が蘇る、なんてことがあるものなのね」

母親はうわ言のようにつぶやき、創士も隣で頷いた。ふたりで川底を覗きこむ。わずかな水面は、日の光を受けて輝いていた。

9

「え、僕がリーダー……ですか」

出勤するなりさくら先生に言い渡された言葉を、創士は噛みしめていた。さくら先生は呆れ顔で一字一句、繰り返し言い直してくれる。

「だから、今度の『さくらっこ』のリーダーって意味だよ？　オーケー？　ドゥーユーアンダスタン？」

近頃外国人のママがふたり増えたせいで、影響を受けやすいさくら先生が怪しげな英語を交える。

『さくらっこ』は、二ヶ月に一度、預かっている子どもたちと参加可能な親たちが一緒に楽しむイベントだった。主にひなまつりや子どもの日、ハロウィンやクリスマスなど親子で楽しめる行事を選ぶ。

部屋を飾り付け、ゲームをしたり工作をしたり、やることはその時々で違うが、子どもも親御さんも数少ないふれあいの場として楽しみにしてくれている。

創士もこれまでに子どもの日と七夕のイベントを手伝った。鯉のぼりを手作りし、短冊に願い事を書くのは楽しい作業だった。普段の業務に加え、やることが増えることは確かだったが、創士は自分が任されたことにやりがいと喜びを感じた。

「季節的に来月、ハロウィンにしようかね。何をやるかは好きに決めていいよ」

さくら先生は、一時期の体調不良が嘘のように元気になっていた。前よりも元気なほどで、それはそれでなかなかに頭が痛い。

「はいっ！　頑張ります」

やる気をみなぎらせている創士に、さくら先生の冷静な一言が飛んだ。

「いつまでも新人気分でいられれちゃ困るからね。しっかりね」

「私たちもお手伝いしますから、何でも言ってね」

そのすぐ後に、ミヨ子先生が優しくフォローしてくれる。さくら先生はミヨ子先生を睨んだ。

「何を甘いことを言ってるんだ」とその顔に書いてある。創士は恐る恐るさくら先生を見てから、その後にミヨ子先生の手先が器用だったことを思い出す。裁縫はもちろんのこと、飾り物や工作もお手の物だった。

「皆さん、特にミヨ子先生にはすごく助けていただくと思います。よろしくお願いします」

創士が深く頭を下げる横で、不満そうな視線を送っているのが水緒と鈴音だ。創士は慌ててふたりにもお願いする。

「も、もちろん水緒先生と鈴音先生、ご指導よろしくお願いします」

「私、何度も『さくらっこ』のリーダーを経験してますから。何でも聞いてくださいね」

にっこり微笑んで鈴音が言えば、水緒も負けじと胸を張る。

「あたしの企画だって、いつも好評なのよ。チェックならまかせてよね」

(好きにやっていいって言ったけど、大丈夫かな)

一抹の不安を覚えながらも、みんなの顔を見回すと、誰の目も嬉しそうな色を浮かべているのに気付いた。創士はひとりひとりの先生たちの顔を見ながら、自分を育ててくれようとしている温かい思いを感じていた。

(できることを精一杯頑張ればいいんだ)

そこから始めればいい。

創士は深い満足感とともに、強い視線で前を見つめた。

「次回のさくらっこ　ハロウィンパーティーのお知らせ」

連絡ノートにイベントのお知らせを挟むと、ちらほらと参加希望が寄せられ、それは日を追うごとに増えていった。はるなちゃんのママも恥ずかしそうに、「その日は仕事を休めそうなので」と参加してくれることになった。

子どもたちに配るお菓子は、辰巳がボランティアで請け負ってくれることになり、永田さんからも参加希望の連絡をもらった。

「その……私も、この街の子どもたちの役に立ちたくてね」

少し恥じらいながらそう言ってくれた永田さんを、もちろんさくら先生も歓迎した。

「男手って案外必要なのよ」

と言っていたのは照れ隠しなのか何なのか。

創士は最近、職場に直行せずに、神社に立ち寄り一本桜に手を触れ、一礼することが習わしになっていた。

水の結界を断ち切った日から、桜の木は元のように元気に枝を伸ばしていた。木肌に手を触れるだけで、創士の気持ちは落ち着き、力が湧いてくるような思いがするのだった。

(今日も頑張ってきます)

姿は見えない。声も聞こえない。しかし確かに、創士には何かが伝わってくる。

踵を返すと神社に向かって一礼をし、職場である『さくらねこ』を目指して走り出した。『さくらねこ』のあるビルの前まで来ると、店のガラスを拭いていた辰巳が手を振った。

「最近やけに張り切っていますね」

辰巳にそう言われ、恥ずかしかったが創士は「はい」と頷いた。張り切っている、と見える自分が嫌ではなかった。

(ここには僕が打ち込めるものがあるのだから)

そして、自分を必要としてくれる人たちがいる。それだけで創士は十分だった。

『さくらねこ』という居場所に辿り着く前に、見上げていた桜と、今、見上げる桜の色はまるで違う。不思議な縁とともに、創士には自分で選んで進んでいっている自覚もあった。

(頑張ろう。少しずつでも、先輩たちに追いつけるように)

気合いを入れる創士に「ソウシくん、ソウシくん」と辰巳が呑気に声をかけた。明らかになった謎と深まる謎、その後者の結晶が目の前の辰巳だと創士は思う。

「はい？」

「今度はデザートの試作品を考えたんですよ。帰りに寄ってくださいね。今日は早番でしょう？」

相変わらず創士のスケジュールも把握している。

「楽しみにしています」

創士が答えると、辰巳は腕時計を確かめ今度は急かし出した。これもまた、以前に経験がある。自分で引き留めておきながら、と思うが天真爛漫《てんしんらんまん》なので許してしまう。

「ほら、ソウシくん走って！」

「もう、声をかけたの辰巳さんでしょ？」

創士が口答えをすると辰巳は何故か嬉しそうに笑った。

「ソウシくん、成長しましたね」

愛おしそうに創士を見つめる視線は、どこか父親を思わせた。

「何を言っているんですか」

動揺しながら創士は小走りでその場を離れた。手を振る辰巳に小さく手を振り返し、今日も創士はたくさんの子どもたちの待つ職場を想像した。

(今日も忙しくなりそうだ)

創士はエレベーターのボタンを押しながら、自然に微笑んでいる自分に気が付いた。

扉の前に立つと中からは賑やかな子どもたちの声が漏れ聞こえてくる。

一歩ずつ、子どもたちと一緒に歩いていこう。

創士は息を吸い込むと、扉を開ける。すると途端に「あ、そうせんせい！」「そうせんせいおはよー」いくつもの明るい声が創士を包んだ。

「みんな、おはよう！」

一際大きな声で挨拶をすると、創士は子どもたちの輪の中へ入って行った。

『第五話　さようならのおともだち』

1

　これはまだ、さくら中央の街の景色が今よりももう少しのどかだった頃の話だ。

駅ビルもなかった代わりに、緑は豊かだった。手つかずの裏山が人々を集める商業施設になるとは誰も想像しなかった頃——商店街にひっそりと存在する『喫茶 叶』では、美しい男性店主がすることもなく店内をうろついていた。

時間が遡っても、彼の容貌は変わることなく若々しい。喫茶店の店主、辰巳はこの街と人々の変遷を見つめてきた者のひとりだった。


　冬に近付き、日差しがやわらかな琥珀色《こはくいろ》に変わりつつあった。時を経た調度品を磨き、冷蔵庫を開けて食材の残量をチェックした。ランチタイムも終わったので、後はそんなに調理をすることもないだろう。

　もっとも、ランチタイムが終わってもオーダーがあれば快く応じる。もちろん、ランチタイムの価格のままだ。そんな姿勢は「商売気が無さすぎる」としばしばお客に指摘された。

指摘されて初めて気付く始末だった。

（ティータイムまでにお客さん来ますかね……。来ないなら来ないで、昼寝でもするんですけど）

ぼんやりと考えかけて、辰巳はひとりで小さく笑った。

「こういうところが、商売っ気がないってことなんでしょうね」

それは「商売に向いていない」と言われているのも同じだ。そう思いながらも、辰巳は気ままに街の様子を見守りながら店に立つのが好きだった。

暇だと思って呑気に構えていたら、ご婦人の団体が急に押し寄せることもある。また暑い日だからと冷たい食べ物や飲み物を用意してもオーダーが思惑と外れることも多い。客商売は先が読めなくて面白い。

常連客が日課のように話に来ることも、ふらりと飛び込んできたお客との出会いも、辰巳にとっては同じぐらいに大切だった。

「……今のうちに暇を満喫しますか」

辰巳は独りごちると、一番座り心地のいいソファに腰掛けた。心の中で、「一日中暇かもしれないけど」と補足する。

(日差しが色づいてきましたね)

何気なく外の景色が視界に入ると辰巳はふと思い出した。こんな秋の日差しを「はちみつ色」と表現した男のことを――。

後にも先にも辰巳はあの男ほど裏表のない男を知らない。


その日も辰巳が料理の仕込みをしていると、ふいにドアが開いた。辰巳が視線を向けると、息せき切って現れた青年はぱっと明るく笑った。

「辰巳くん、おはよ!」

年のころは辰巳よりやや下、まだ学生のような雰囲気を漂わせているこの男は『喫茶叶』の常連客だった。

「おはようございま……」

す、と言いかけて、青年が腕に大切そうに抱えているものを見て辰巳は絶句した。

青年はさまよえるあやかしである〝宵子《よいこ》〟を抱えているのだった。宵子は夕暮れの時間に姿を現し、遊んでくれそうな人に幻を見せたりして自分の世界に引き込む――。

しかし、青年は何のためらいもなく宵子自体を我が子のように抱きかかえていた。

「桜士《おうし》くん、店に宵子を連れてこないでください」

辰巳は大げさにため息をついてみせた。桜士と呼ばれた青年は、無邪気に破顔する。

この男の屈託のなさは、「呑気な龍神」と呼ばれる辰巳でも敵わない。

「いやね、宵子がくっついて離れないものだからさ……」

桜士が「よいしょ」とカウンターに腰掛けると、宵子もよじのぼるように隣の椅子に座った。

(やれやれ)

「見たところ大人しいし、悪さもしない……」

だからいいじゃないか、と人懐こい目が辰巳を説得していた。辰巳は桜士の澄んだ目で見つめられると、何も言えなくなってしまうのだ。

桜士がコーヒーを飲む間も、宵子はじっと桜士のそばに座っていた。宵子には顔がない。実体もはっきりとせず、しかし小さな子どもの大きさであり、仕草もどこか幼くて人間の子どもを思わせた。

カウンターの大きすぎる椅子に腰掛けた宵子は、足をぶらぶらさせていた。時折ずんぐりとした手のひらを開いたり閉じたりしている。

「その……子、というか……どうするつもりなんです?」

辰巳が恐る恐る訊ねると、桜士は残っていたコーヒーを一息に飲み干して言った。

「やっぱり辰巳くんのコーヒーは、絶品だね！」

質問を華麗に流された。白い歯を見せて笑う桜士に、辰巳は物申そうと再び口を開きかける。その一瞬前に、桜士はすばやく宵子に視線を走らせた。

「ん？　この子かい？　還すよ、もちろん」

「還すって……」

辰巳は二の句が継げなかった。桜士はこの手のあやかしを簡単に手懐けては、しかるべき方法で「還して」いた。

しかし、辰巳は心配でもあった。桜士は事もなげに話すが、あやかしを「還す」作業はそれなりに生気をすり減らすのではないかと。

辰巳も、街の人間に危害を加えるあやかしを始末することができる。だがそれは「始末」という言葉がふさわしく、穏便に「還す」という能力を辰巳は持ち合わせてはいないのだった。

目の前で笑っている男、桜士はさくら中央の街を守る神社の桜の精霊であり、龍神である自分とは属性も、持っている力も違う。

桜士の能力は、あやかしを受け入れ「還す」ことなのだった。辰巳は戦闘となれば、それまでの穏やかな自分の記憶が消し飛んでしまう。そうなることが怖かったし、避けてもいた。

（お人好しなのもいいけれど、厄介ごとに巻き込まれないで欲しい）

辰巳は声には出さずに願い、代わりに「お代わりはいかがですか？」と訊ねた。ふたつ返事で桜士は頷く。

「ごはんはちゃんと食べてますか？」

食べてるよ、と頬を膨らませる桜士が辰巳には時々本当に弟のように思えるときがある。

「だけどさ、最近ほんとに増えたよね」

カウンターに頬杖をつき、桜士は宵子に視線を走らせる。隣の宵子も真似をして小さな頬杖をついていた。

「え？　何がですか……」

「こういう、子どもみたいな、自分の居場所がなくさまよっているあやかしがさ」

他意もなく発した桜士の一言に、辰巳は何故かひどく動揺した。手にしていたコーヒーカップを落としかけてしまった。

「辰巳くん？　大丈夫？」

カウンター越しに心配そうな大きな目が覗き込む。辰巳は落ち着いたそぶりで頷くと、カップとソーサーを持ち直した。

「大丈夫です……」

(どうして、こんなに気持ちが乱れたんだ？)

辰巳は自分でもわけがわからず、呼吸を落ち着けようとカウンターに背を向けた。

2

実際に、辰巳も何度となく子どもの姿を借りたあやかしに出くわした。その多くが、構って欲しさに近付いてくるのだが、辰巳に直接行動を起こしてくるものはいなかった。桜士のように、優しい雰囲気をまとってはいないのか——辰巳は苦笑する。どちらかというと、剣呑な雰囲気に違いない。

「じゃあね、僕はそろそろ帰るよ」

そう言って、桜士はよいしょと宵子を背負った。気のせいか、宵子は先ほどよりも大きくなっているように見え、辰巳はまたぞっとした。力が弱いはずの宵子が何だか恐ろしい。

「桜士くん」

背を向けて帰ろうとする桜士を、辰巳は用もないのに引き留めた。このまま帰ってしまうことがひどく寂しく思えた。

桜士はゆっくりと振り返る。時の流れが一瞬止まったような錯覚を覚えた。

「何？」

「えーと……今度、お昼に軽食を出そうと思ってるんです。何がいいでしょうか？」

辰巳は咄嗟に口から出まかせを言ってしまった。

桜士は狐につままれたような顔をして、その後すぐに首をかしげる。その間も宵子は桜士の背中に張り付いていた。宵子の空っぽの顔の中は、見つめれば見つめるほど深い闇だった。

「そうだなあ、ナポリタンなんてどう？」

桜士がせっかく捻り出してくれたアイデアを辰巳はぼんやりと受け流しそうになった。

「辰巳くん……？」

何度か呼ばれ、辰巳はやっと我に返る。

「あ、ああごめんなさい。それいいですね！　そうします……」

心配そうに見つめていた桜士は、無邪気な笑みを浮かべる。口から出まかせに言ったことだったが、軽食としてナポリタンを出すのは悪くない。喫茶店らしいいかにもなメニューだ。

「いろいろ試作してみますよ」

「完成したら食べにくるね！」

それで会話に区切りはつき、桜士は手を振った。もうこれ以上引き留める手立てはない。辰巳は名残惜しい気持ちになり、桜士を見送っていた。


それから数日かかって、辰巳はナポリタンの試作を繰り返した。最初は古き良き喫茶店風、ケチャップと塩コショウの炒め焼き風ナポリタンから取りかかった。これはこれで悪くなかった。

続いて生のトマトを使い、少しスープの残るナポリタンなどを経て、最終的には近所の八百屋さんに紹介してもらった美味しいトマト農家の、甘みの多いトマトと相性のよさそうな野菜を煮詰めた自家製トマトケチャップを使ったナポリタンに落ち着いた。

味は――妥協しなかっただけのことはある、納得の逸品だった。

しかし……。

「何になりたいんだ、私は……」

イタリアンレストランにでも鞍替えするつもりか。

辰巳はでき上がったナポリタンを前に苦笑していた。

「……そしてこの量……」

大鍋にいっぱいのケチャップを見つめ、辰巳は途方に暮れていた。結局彼が選んだのは、『さくらねこ』の保育士たちへのデリバリーだった。味は大変好評だったが、何か一言言わなければ気が済まない性分の彼女たちからは「もっと酸味があったほうが」「いやいや甘みがあったほうが」などとてんでばらばらなアドバイスを頂戴した。

その日『さくらねこ』のスタッフの中に、水緒の姿はなかった。

(今日は休みなのかな)

辰巳は何となく水緒が気にかかった。しかしさくら先生に訊ねることもなく、使われた皿を回収して『さくらねこ』を後にする。彼女にだって休日はあるはずなのだが、水緒がいない『さくらねこ』をうまく想像することができなかった。

しかしエレベーターで降りてくると、店の入り口に不貞腐れたような顔つきで座っている水緒を見つけた。

「……あれ」

辰巳が思わず言葉を漏らすと、水緒は目を吊り上げた。

「あれ？　じゃないわよ。店、開けっ放しじゃないの」

さっさと開けなさいよ、と凄まれ、辰巳は慌てて水緒を店内に招き入れた。

「あー、待たされたし喉渇いた！」

口調はいつものようにきつかったが、水緒はどこか元気がないように見えた。しょげているとまではいかないが、鋭い雰囲気が影をひそめている。

「今日はお休みじゃないんですか？」

水緒は口の中でつぶやくように「まあ……」などと言葉を濁す。辰巳はチラリと水緒を見やり、声をかけてみた。元々あまり気の利くようなことは言えなかったが。

「水緒さん、ナポリタン食べます……？」

おずおずと辰巳は提案してみる。

「ねえ、あたしの話聞いてた……？」

呆れ果てた顔で水緒がつぶやく。

「喉が渇いたって言ったんだけど？」

「ああ、そうでしたよね」

「……でもせっかくだから食べるわよ。夕飯まだだし」

素直ではない水緒に、辰巳は背を向けてほくそ笑んでしまった。それに水緒は華奢な外見に似ずよく食べる。

水緒の取り扱いは、難しいようでいて案外たやすいのかもしれない。

辰巳が作ったナポリタンを、水緒はきれいに平らげた。一緒にオーダーしたアイスコーヒーは最初に飲み干し、あっという間に二杯目を飲んでいた。

「美味しかったですか？」

辰巳は敢えてストレートに訊いてみる。

「そういう言い方されると美味しいとしか言えないわよね……でもまあ、美味しかったわ」

水緒はアイスコーヒーを啜りながら、小さな声で答えた。

「それはよかったです」

辰巳は微笑んだが、水緒は俯いていた。艶やかで長い黒髪が顔を覆い隠すように落ちかかっている。

「ひとりでいらっしゃるのは珍しいですね……」

話題を変えようとしても水緒は黙っていた。辰巳は聞こえないほどのため息をつき、決心を固める。

「……何かありましたか？」

水緒はしばらく無言だったが、ゆっくりと顔を上げ、口を開きかける。

（この一連の流れ、喫茶店のマスターっぽい）

的はずれなタイミングで辰巳は悦に入ってしまった。憧れていたシチュエーションだ。常連のお客がカウンター越しに悩みを告げる——。それを聞くともなく聞き、有用なアドバイスを……。

（いけない、話を聞かなければ）

妄想から舞い戻った辰巳は、まっすぐに水緒を見た。水緒は一瞬辰巳と目を合わせ、すぐに逸らした。

「失敗しちゃったのよ」

言いにくそうに水緒は言った。

「え、何を？」

聞き返したら張り倒されそうだったが、辰巳がその場から飛ばされることはなかった。

「宵子の、駆除……」

水緒が「駆除」という言葉を使ったことに、辰巳は少なからず衝撃を受けた。

3

「夕方の子たちが来る預かり保育のとき、あたし一瞬外に出たのよ。三歳ぐらいの小さいときに『さくらねこ』で預かってた子が小学校に入学してランドセルを見せてくれるっていうからさ」

水緒は打って変わってなめらかに語り出した。冷たい美貌の持ち主ではあるが、子どもも好きで、ひとりひとりの体調や性格にも誰よりも気を配っている。子どもと接することが仕事ではあるが、実は人一倍愛情に溢れているのが水緒だと辰巳は密かに理解していた。

「それで、その子とビルの前で待ち合わせをして、ランドセルを見せてもらったの。このごろ流行り始めてる、パステルカラーのやつね。お母さんも一緒で、その子は体は大きくなっていたけど本質は変わってなかった。珍しいよね、あたしに懐く子なんて」

（そんなことはないですよ。みんな、水緒さんを慕っています）

口を挟もうとしたけれど、「綺麗ごとを言うな」と一蹴されそうな気がして咄嗟に辰巳は口をつぐんでしまった。

「その子と少しお喋りして別れた後、エレベーターに戻ろうとして、気付いたの」

もうひとり乗ってる、って。

低めた水緒の声に、辰巳は深い絶望を感じた。水緒はぎゅっと眉間にしわを寄せる。

「宵子だってすぐに気付いた。宵子が現れそうな時間帯だったし、手持ち無沙汰そうな様子と、体つきでわかった」

宵子の成分は闇でできている。水に属するあやかしは最終的に水に、土に属するあやかしは土に戻る。宵子は満足すれば黒く霧散して消えるはずだった。

「遊んであげなきゃ——少なくとも、ぜったいに『さくらねこ』には連れ帰れない。そう思ったんだけど」

「遊んでほしいとにじり寄ってくる宵子を、『さくらねこ』の子どもみたいにはどうしても思えなくて……敵対心しか湧いてこないの」

水緒の独白は、続く。彼女が自らこれほど長く語ることは珍しかった。

「怒りをコントロールできない自分も怖かったし、気付いたら宵子はいなくて——あたしの両方の手のひらが真っ黒になってた」

水緒は肩を落とした。それから自分を責めるように両肩を乱暴に叩いた。

「さっきの言い方は正しくないね。あたしはたぶん、駆除には成功した。だけど——」

「あたしのやり方は間違っている。それは自分でもわかるの」

そう言って水緒は俯いてしまった。

辰巳は今度こそ何か慰めの言葉をかけようと口を開く。水緒のもどかしさは、辰巳にも理解できた。あやかしとは言え子どもの形状を持つ宵子のような存在をもっとうまく扱うことはできないのか――人への影響は無害、とも言い切れない。凶暴性を持つものもいれば、こちらの出方によって攻撃的になるものもいる。それが厄介だ。

「それともうひとつ、ついでに聞いてよ」

水緒は珍しく自らの心中を饒舌《じょうぜつ》に語った。

「はい、私でよければ」

辰巳は即答した。見え透いたなぐさめの言葉さえもかけられなかった自分が情けなかった。

「最近、『さくらねこ』がおばけ屋敷扱いされてるんだ」

「まあ、あながち間違いではないけどね」

自嘲的に水緒は笑った。

「えっ？　それはどういう……」

辰巳は水緒の話が読めなかった。

託児ルーム『さくらねこ』は、発起人であるさくら先生を代表に、最初は水緒、鈴音、ミヨ子先生という限られたスタッフだけで開室した。つまり、全員があやかしということになる。

オープン当初は託児ルームが街のイメージに定着していなかったせいもあり、子どもも少なかったが、ここ数年のうちに着実に地域の信頼を得て、預かりの問い合わせも増えてきた。実質的に軌道に乗り始めていた。

「『さくらねこ』ができてから、おばけを見る子が増えたとか何とか――」

水緒は話しながら、痛みをこらえるような表情になり、聞いている辰巳も同じように胸が痛んだ。

『さくらねこ』は未就学児だけではなく、十歳までの児童も預かっている。圧倒的に未就学児が多いものの、母親の仕事の都合で祝日や夜間に預けられる子もたまに見られた。

小さい子は見えないものとも何の疑問もなく打ち解けられたとしても、年齢が上の子の中には勘が強く、怖いものを感じ取る場合もあるようだ。何気なく親御さんに言った内容が、恐らく悪意を持って拡散され『さくらねこ』が諸悪の根源にされてしまったらしい。

公園や学校でおばけを見た、そんなよくある子ども同士の話題にも『さくらねこ』が原因として上がっているそうだ。

「あそこができたせいでおばけが来るようになって子どもの安全が損なわれている――

そんなふうに言われてるのよ！」

水緒はふいに声を荒らげた。

「あたしたちが目指すのは逆なのに……！」

肩を震わせている水緒はしかし、泣いてはいなかった。悔しさと怒りと自分の情けなさが交ざり合って、彼女の中で葛藤しているように見えた。

辰巳はカウンターの内側から出て、水緒のそばに歩み寄ると、そっと肩に手を触れた。

水緒はそれを払いのけたりしなかった。

「……辰巳ちゃん、人を殺したいって思ったことある？」

突然、水緒が顔を上げた。辰巳を射貫くような目をしている。

答えるまでにどのぐらい時間が経ったのだろう。辰巳の中で様々な記憶が明滅した。

眩暈を覚え、急に目の前が暗くなる。

「ありません」

辰巳は答えてから、口には出さずに心の中で「たぶん」とつぶやく。

外見は年齢不詳、三十代ぐらいに見える範囲でとどめてある。しかし辰巳は途方もない時間を生きてきた。穏やかな微笑みを浮かべられるほど落ち着けるようになったのは、そう遠い昔の話ではない。

「どうして、そんなことを聞くんですか？」

つとめて優しい口調で辰巳は訊ねる。しかし、いきなり水緒に手を振り払われた。

「辰巳ちゃんは……何を考えているかわからないから」

心のうちを明かしたと思えば急に距離を置かれ、辰巳はショックを受けた。

「敵か味方かだって正直よくわからない」

水緒はそう言って目を眇めたが、不思議と辰巳に怯えているようにも見えた。

そのとき辰巳は、桜士の存在が頭によぎった。能天気な桜士の笑顔と、宵子を背負って帰っていった風変わりな後ろ姿を思い出していた。

「私の知り合いに、少し変わった男がいるんですが、会ってみませんか？」

辰巳の言葉に、水緒はその真意を探るように辰巳の目の奥を見つめてきた。

4

「ちょっと、どこまで行くの？」

行き先を告げずに歩き出した辰巳に、すぐさま水緒は文句を言った。見れば珍しく、水緒は踵《かかと》の高い靴を履いている。

「まあまあ、今日は休みでしょう？」

辰巳はのんびりと答え、取り合わなかった。

「たまには運動したほうがいいですよ」とからかうと、「毎日さんざん運動してるわ」と怒鳴られた。

「辰巳ちゃんこそ、ほとんど動かずに店でうたた寝ばっかしてるじゃない」

追い打ちをかけるように毒づかれた。

(それはまあ、その通りだ)

思わず深く頷いた辰巳を、水緒は呆れた目で見ていた。

「……辰巳ちゃんって、やっぱりよくわからない」

「見ての通り、穏やかな性格ですけど」

じとっと湿気を含んだ視線で水緒に睨みつけられる。

「それに辰巳ちゃんってすごいかっこいいけど、タイプじゃない」

(タイプ……？)

辰巳の思考は一瞬停止した。何と返すのが適当なのか考え、おどおどと答えた。答えながら、この手の返答には余裕がないと改めて思う。

「それは……何だか残念ですね」

この答えが正解なのかわからない。ただ、水緒は目を見開いて黙ってしまった。ふたりが足を止めた先に、古びた鳥居が見えてきた。

「この神社……」

水緒が呆けたようにつぶやいた。

「ええ。ここに、友人がいるんです」

友人、という言葉では端的に言い表すことができない存在が、この神社の桜の木を守っている。


さくら中央駅前のショッピングモールに背を向け、反対側の駅改札にほど近い。周囲は昔ながらの酒場が軒を連ね、居酒屋やそのたぐいの店を左右に見ながら細道を進んで行くと突然飲食店が途切れる。行き止まりかと思いきや、右手に階段が続いており、何気なく登っていくと高台に辿りつく。

そこに、さくら中央を昔から守り続ける神社があることを地域に住む者ですらあまり知らない。

社務所もなく、ぽつんと鳥居と社があるだけの神社。しかしそこには、毎年桜の時期からは少し外れた頃合いに見事な花をつける桜の木が植えられている。

昔からの土地の住人は「一本桜」と呼んでいる。

「おーい、桜士くん！」

桜の木の前に立ち、辰巳は大きな声で名前を呼んでみた。

すると風もないのに枝が揺れ、木の幹に影が重なり合った。そして見る間に桜の木から這い出すように、ずるりともうひとつの影が現れた。

「あ、桜士くん……」

辰巳は声をかけようとして、息を呑んだ。現れた桜士は、両手に宵子を抱えていた。

いつもの桜士よりも影が巨大だったのは、宵子の分の影を合わせた形になっていたからだった。

「って……」

絶句してしまう辰巳とともに、隣に立っていた水緒もぎょっとして、口を開けていた。

しかし桜士は、ぱっと明るい笑顔を見せた。一瞬にして影から日向に出たような錯覚を覚えるが辺りは宵闇の時刻だ。

「やあ辰巳くん！」

無防備に笑った後、桜士は傍らの水緒に気付いたようだ。「お友達？」と屈託のない調子で訊ねる。

「私の友達の、桜士くんです。桜に紳士の士、と書いて……」

説明しかけた辰巳の言葉を、水緒は遮った。

「何この人。気持ち悪いんだけど」

遠慮のない口調で水緒は言った。目は宵子に釘付けになっている。闘争本能が働いているのか、その目は鈍い光を放ち始めた。

ははは、と桜士は笑った。宵子はむずかるように桜士の首に手を回す。もうひとりの宵子は桜士の胸に顔を埋める。

「なんで……？」

何で大丈夫なの。そんなに平然としていられるの？

呆然とつぶやく水緒を、桜士はいつくしむように見た。優しくも強い、だが有無を言わせぬ圧力を感じさせる目つきだった。

「なんで、って言われても……なんででしょうね？」

宵子にまとわりつかれたまま、桜士は首をかしげた。

「この子たちが、僕を必要としてくれるからじゃないかな」

事もなげに言い放った桜士に、水緒も辰巳も口をつぐむしかなかった。

「もうすぐ夜も更ける。子どもは、もう帰って寝る時間だよ？」

桜士は小さな子どもに言い聞かせるように宵子に語りかけ、ひとりずつの額に人差し指を添えた。すると、人差し指がすうっと宵子を通り抜け、やがて黒い霧となって散った。もうひとりも同様に、桜士が人差し指を当てるとあっという間に闇に紛れた。

宵子の体が消える瞬間に、小さな子どもの笑い声が聞こえた。

「いい子だね。また遊ぼう」

笑い声に答えるように桜士は何もない空中に向かって手を振る。

「今のは何？　どういう……やり方で追い払ったの」

水緒は宵子が消えた中空をいつまでも見つめていた。「さあ」と他人事のように桜士は答え、肩をすくめた。

「僕はただ、あの子たちと遊んでいただけだよ」

まあ正直、と言いながら桜士はひっそりと苦笑する。

「一度遊んだら収拾がつかなくなるほど子どものあやかしが集まってきた、というのが正確なところだけど」

桜士は苦笑いした。

「今の……どうやって、やったの？」

水緒の声はいたって真剣だった。先ほどまでは桜士を奇人扱いしていたが、その顔つきには尊敬の念も感じられた。

「どうやって、か……困ったな。僕は本当にただ、あの子たちと遊んでいただけで」

途方に暮れたように桜士は頭をかいた。

「うーん。だから、方法とかわからないんだよなぁ」

でも、と水緒は食い下がる。「だって、あたしたちあやかしにはそれぞれの技があるんでしょう？」

水緒は深々と頭を下げた。意外な行動に、辰巳は目を奪われていた。

「お願いします。知りたいの。あの子たちには乱暴なことを……今後あまりしたくない」

必死の水緒の叫び声を聞いた。

「僕はあやかしか。確かにそうなんだけど考えたこともなかったよ」

桜士は笑ってごまかそうとしても済まされないと水緒のまなざしから察したらしい。

「うーん、うまく説明できないから取りあえずお茶でも飲もう」

桜士の提案に辰巳は「えっ」と短く声を上げた。見渡したところ、神社の付近には自販機ひとつなかったからだ。

(道を戻って、どこかの店に入るのかな)

戸惑う辰巳と水緒をよそに、桜士は神社の社へ向かって歩き出した。迷いなく歩き始め、「こっちこっち」と手を振る。辰巳は驚きのあまり二度見してしまった。

社の隣に、小さな古い一軒家がふいに姿を現したのだ——。

桜士は家へ向かって右手を差し出しにこっと笑った。

「ここが僕の家……かな。寝泊まりしている場所」

「……初めて見ました」

辰巳は呆気に取られたままつぶやく。桜士はきょとんとした顔で言った。

「辰巳くんを招待するの、初めてだっけ?」

それは失礼、と言いながら桜士はがらがらと引き戸を開けた。玄関の灯りはほおずきを象ったものだった。隙間から覗くと、昔ながらの三和土とそれに続く畳敷きの和室が見えた。

「さあ上がって、大したもてなしもできないけど……」

桜士に手招きされて、水緒と辰巳は顔を見合わせた。何だか妙な展開になってしまった。促されて、ちゃぶ台を囲むように座布団に座ると、すぐに奥へ消えた桜士が戻ってきた。手にした塗りの盆には、温かいお茶が湯気を立てている。

「どうぞ。あ、足を崩してね」

水緒は硬い表情で頷いた。辰巳は手持ち無沙汰になり、優しい色合いの湯飲み茶碗に入った緑茶を一口飲む。気のせいかもしれないが、桜の香りが鼻を掠めた。

「あの、桜士さん……」

水緒は両手で湯飲み茶碗を握り締め、探るように訊ねた。

「この街に『さくらねこ』を作ったから、子どものあやかしが増えたんだと……思いますか？」

桜士は「ふうむ」と顎に手を当てて、考え込む。

そのときみしり、と家が軋むような音を立てた。桜士は顔色を変えないが、辰巳は目を上げて部屋の隅々に視線を走らせる。

先ほどまではいなかったはずの何かが近付いている気配を感じていた。

5

「またお客さんだ……やれやれ」

桜士がそうつぶやいた瞬間に、大きな子どもの形をしたあやかしが桜士の背中に落ちてきた。ふっくらした体つきと短い手足。丸い腹部をしているが、その大きさは辰巳と水緒と桜士を合わせても足りないぐらいだった。

「ひっ！」

驚いて声を上げた水緒を、咄嗟に辰巳は立ち上がって自らの体で庇《かば》った。落ち着いて状況が把握できてくると、桜士は巨大な子どもをおんぶしているような形になっていた。

重くはないのか、どちらかと言えば華奢な体で桜士はそれを背負っていた。

「……初めて見た。何、それ？」

冷静さを取り戻した水緒が訊ねる。辰巳もここまで巨大な子どものあやかしを初めて見た。

「んー、これ。たぶん〝膨子《ぼうこ》〟」

はあ。膨子……。

力なくつぶやく辰巳と水緒を横目で見ながら、桜士は説明を始めた。膨子をぽんと放り投げると、外見の割に軽いのか、ぽわんと跳ね返って桜士の肩の上でバウンドする。

「結構ハードに遊んであげなきゃいけないあやかしなんだけど、満足すると小さくなるよ」

そう言って桜士が膨子を再び空中に投げる。

「きゃはは」と笑う小さな子どもの嬌声が響く。どうやら「高い高い」をしているように見え、見ようによっては心温まる光景が辰巳の眼前で繰り広げられた。

「ほらね、喜んでるでしょ？」

桜士の言う通り、次第に膨子の体が小さくなってきていた。水緒はそれを傍らで眺めながら、小さく声を漏らした。

「何なのよ。宵子とか膨子とか、いったい何種類いるわけ？」

うんざりした口調で水緒は言ったが、その顔には先ほどまでの悲壮さはなかった。

桜士はちらりと水緒を見た後、静かに口を開いた。

「実は僕、以前さくら先生にスカウトされたんですよ」

「「ええっ!?」」

水緒はもちろん、辰巳も大声を上げてしまった。スカウトの話はもちろん、さくら先生と交流があったことも初耳だった。

「それ、いつの話？」

水緒はちゃぶ台に手をついて身を乗り出した。桜士は朧子との遊びを中断せずに、考えながら答えた。

「あの託児ルームが開室して間もない頃だったと思います」

「……知らなかった」

水緒が辰巳を振り返ったので、慌てて「私も初耳です」と辰巳は話に加わった。

「始めた頃はスタッフの人数も足りなかったし、手探り状態でしたよね」

辰巳も開室当時のことは鮮明に覚えていた。皆で子どもたちの荷物を入れておく棚を手作りし、扉や壁のペンキを塗った。少しでも安らげる空間にしようと、折り紙を折って壁に飾ったり、動物のイラストを描いたりした。

そうして運営を始めながら室内の使い勝手を改善し、飾り物は次第に増えて行き――

今では絶えず子どもたちの笑い声が響く場所ができ上がったのだ。

「ある日、僕が近所の子どもたちと遊んでいたんです。そうしたらその中に子どものあやかしも交ざっていたみたいで」

桜士は朧子と遊びながら上がってきた息を整えながら話し続ける。

「でもまあ、悪さをせずに一緒に遊んでいたからいいかなと思って対等に扱っていたんです。そのときに急に声をかけられて」

「おばあさん、と言ったら失礼だけどちょっと腰を曲げた姿勢の女の人がにこにこしながら近づいてきたんです」

桜士らしいエピソードだ、と辰巳は頷く。さくら先生の姿も同時に思い浮かべていた。

「お兄さん子どもと遊ぶのうまいねえ、ってさくら先生は僕に言いました。そんなことを言われて僕、びっくりしたんです。遊ぶのに上手いも下手もあるんですか？　って、答えました」

「あんたが言いそうなことね。それで？」

水緒は急に「あんた」呼ばわりをした。桜士はまったく気にしていない様子だが、辰巳はヒヤリとする。

「どう、ウチで働かない？　正直キツイ仕事だけどってさくら先生は言ったんです」

（……正直すぎるだろ）

辰巳はそう思ったし、水緒も絶句していた。さばさばしたさくら先生の言いそうなことだ。そして働くとなれば、「最初に断ったはずだ」と勝ち誇ったように言って、遠慮なく様々な業務を任されるだろう。

「ま、仕事はキツイけど寿命は保証するよ。あんた、桜の精霊だろう？　植物霊の通常寿命よりも……そうだね、二倍、いや三倍寿命を延ばせるんじゃないかな？」

さくら先生はそんなふうに言ってずんぐりした指を三本突き出したそうだ。

「うちの子どもたちから新鮮なエネルギーをたくさんもらえるからね。それに、ちょっと見たところあんたはただの子ども以外の扱いもうまい」

さくら先生が指しているのはひとりだけ交じっていたあやかしのことだと桜士にもすぐにわかった。

「さっきあんたは遊ぶのに上手い下手があるかって聞いたけど、あるんだよ。持たざる者にはそれがわかる」

で、どう？　どうなの？

「……って結構グイグイ来られたんですけど、丁重にお断りしました」

そこまで聞いていた水緒が「なあんだ」とつぶやいて脱力した。辰巳は桜士の話の続きを待った。

「僕は、遊ぶぐらいしか特技がないけど、ここの神社と桜と、この街の安寧を少しでも守ると言う役目がありますし、僕には役割が大きすぎる気もしました」

（キツイ仕事って聞いたからでしょ）

水緒の声にならない声が辰巳には伝わってきたが、口には出さないでおいた。

「けどさ、さくら先生にそれだけ褒められるのって珍しいよ？　それに、さくら先生が言うこともわかる気がする」

まっすぐに桜士を見つめる水緒の目には迷いがなかった。

「持たざる者、から言わせてもらえば……羨ましいよ」

怒っている口調ではなかった。僻んでも妬んでもいない、素直な言葉だった。そこまで水緒は自信を喪失していたのかと辰巳は寂しくなった。

しかし、水緒は悲観しているようには見えなかった。桜士はふっと笑みを漏らし、水緒を見つめ返した。

「あなたは保育士さんでしょ？」

「え？」

水緒の目が見開かれる。辰巳もまた、桜士を見返した。桜士の手の中で、もはや膨子は手のひらに載るほど小さくなっていた。

「『さくらねこ』ができて、子どもが集まる場所ができたことで確かに子どものあやかしが多く引き寄せられてやってくるようになったかもしれません。あやかしの仲間であるあなたたち先生と、子どもたち——遊んで欲しい人たちばかりがそこにいるんだから」

桜士はいつくしむように手のひらの膨子を撫でていた。水緒は口を挟まずに話を聞いていた。

「でも、『さくらねこ』は人間の子どもとあやかしの子ども、両方を見守り育てる場所になっている。僕には役割が大きすぎる、って言ったのはそういう意味でです」

桜士の言葉に、水緒が弾かれたように顔を上げる。

撫でられていた膨子はもう消え入りそうなほど小さくなっていた。桜士は大切そうに膨子に視線を投げ「あーあ、こんなに小さくなっちゃった」と無邪気につぶやく。

「僕は、不器用なので守れるものは限られているんです。でも、『さくらねこ』の先生方は多くの、これから巣立っていく存在を守ることができる。僕にできないことをあなたはやれているんだから、もっと自信を持ってもいいんじゃないかな」

桜士の語りがゆるやかに収束するのと同時に、膨子はその姿を消そうとしていた。

最後に小さな閃光を放つのを、辰巳も水緒も桜士も静かに見守っていた。

6

水緒は完全に消滅してしまった膨子をしばらく凝視していた。辰巳も声をかけず、水緒と桜士を見守っていた。

「何か……真剣に話したらお腹が空いてしまった」

桜士のつぶやきは、ずいぶんと幼く響いた。

（この男が邪気を見せることなどあるのだろうか？）

辰巳は呆れと尊敬が入り交じった気持ちで桜士を見つめ、ふいに思い出した。

「あ、ナポリタン！」

発端はすべて桜士だったと辰巳は考える。そしてまだ肝心の桜士がそれを口にしていない事実にも気付く。

「桜士くんのリクエストでできた上がったんですよ」

「えっ？」

桜士は目を輝かせた。先ほどまで手のひらで転がしていた膨子のことなどすっかり忘れている様子だ。

（天賦の才って言うんですかね。これも）

特に本人が望んでいなくても備えられている才能。その上、才能だという自覚もなさそうだが、案外才能なんてものはそんなものなのかもしれない。

（そして、桜士くんの周りに集まるのはあやかしばかりではない）

「きっとあなたの人徳ですね」

辰巳は帰り道で独り、つぶやいた。これから一緒に店に来るかと訊ねると、桜士はふたつ返事でついてきた。水緒とは途中で別れ、ふたりで並んで夜道を歩いていた。

「……え？」

「何でもありません」

桜士は大きく上下に手を振って歩いた。小さな子どもがするような無邪気な歩き方だった。

（聞こえているくせに）

辰巳は心の中でつぶやき、初めてこの男を憎らしいと感じた。

さくら先生は時折『喫茶 叶』に姿を現し、桜士と出くわすと懲りずにスカウトを続けていた。そのたびに桜士は笑って断っていた。

いつしかそのやり取りも日常のひとコマとなり、ちょっと見たところは親子のように見えるふたりの応酬は微笑ましかった。

春が近付いていたある日、辰巳はふらりと現れた桜士を見て、目を疑った。

勘違いではなく、その姿がうっすらと透けて見えたのだ。

最初は目の錯覚かと思い、しきりにまばたきをしたが桜士はそんな辰巳の様子にすぐに気付いたのかやんわりと微笑んだ。

「辰巳くんの目のせいじゃないよ」

小さな子どもに噛んで含めるような言い方だったので、辰巳の心臓は縮み上がった。曖昧だった不安は、次第にはっきりとした嫌な予感として辰巳に迫ってきた。

「この頃、体が木から離れるとひどく疲れるんだ。だからあんまり遠出はしなくなってしまった」

思った通りの言葉に、辰巳の胸騒ぎはいっそう激しくなった。

「それは……」

まずいことなのではないか、と口に出すべきなのか辰巳は迷った。しかし桜士は他人事のように笑っていた。

「だけど辰巳くんのコーヒーが飲みたくてねえ」

桜士は照れ笑いを浮かべて頭をかいた。そう言っている間にも、体の透明化は進んで行っているように見えた。

「そんな！　コーヒーぐらいいくらでも持って行きますから」

辰巳は思わず声を荒らげていた。ひりつく喉の感触で、自分が久しぶりに大声を上げていることに気付いた。それぐらい辰巳は必死だった。

「無茶をしないでください！」

辰巳が血相を変えることは珍しい。ぽつぽつと座っていたお客たちが食事の手を止めて、辰巳と桜士を遠巻きに見ていた。

「ほらー、お客さんたちがびっくりしちゃうよ？」

桜士に諭されて、辰巳はようやく周囲の状況を把握する。

「大変失礼しました……」

辰巳はお客のひとりひとりに頭を下げる。感情的になってしまった自分が、意外だった。あやかしが辿る道としては、予想できる状況だったし、過去にも目にしていたはずなのに――。

「辰巳くん、コーヒーをください」

桜士がカウンター席に何気なく腰掛ける。はにかむような微笑みを浮かべて辰巳にオーダーをするのも、いつもの光景だった。当人が妙に落ち着いている様子を見て、辰巳もようやく動揺を抑えることができた。

（どうして笑っていられるんだろう）

辰巳は薄くなっている体の桜士に、それでも心を込めてコーヒーを淹れ始めた。やがて漂い始めたやわらかな香りに、現実の輪郭がぼやけ始めた。

「さくら先生……！」

辰巳は慌てて、さくら先生に教えを請いに行った。夜勤明けのさくら先生は眠そうな目をこすりながら、『さくらねこ』のスタッフスペースに来るようにと手招きをした。

早朝だったので子どもの数は少なかった。まだ眠っている子もいれば、簡易テーブルを組み立てて、朝食なのかコンビニで買ってきたらしき菓子パンを食べている子もいた。

「何だい騒々しい。辰巳ちゃん、あんたカミサマだろう？」

まだ仔細を聞く前に、さくら先生はうんざりした顔で辰巳をひと睨みし、「まだすっぴんなんですけど」と真顔で言った。

「え？　お化粧をしてるんですか？」と何の気なしに訊ねると、いたずらっぽく睨まれた。

「冗談だよ。子どもが顔を触ることもあるからね。眉を描くくらいなもんさ」

「そ、そうですよね……」

さくら先生にからかわれ、たじたじになりながら辰巳は心の中で先ほど言われた言葉を反芻していた。

（そうだ。私はさくら先生よりもほんの少しだけ年下だけど、さくら中央よりも南側に位置する湧水で知られる神社を守る龍神）

しかし、今はさくら先生の力を借りることしか頭になく、取るものも取りあえず『さくらねこ』に転がり込むしかなかった。

「あたしにはない神通力が、あんたにはあるんだろうに」

辰巳は一瞬考え、「わかりません」と力なく答えた。

「あの桜の精霊の力が弱っていっているのは、昨日今日始まったことじゃないよ。それに、力が弱まったとしても、物理的に死ぬわけじゃない」

さくら先生は、言葉を選びながら諭すように辰巳に言った。

「……わかっています」

辰巳は気が付くと深々と頭を下げていた。いつでも悠々とした態度で周囲を俯瞰《ふかん》するような辰巳像は粉々に砕けていた。

「助けてください……力を貸してください」

うーん、とさくら先生は低く唸った。肉付きのいい顎に何重かのしわができる。

「本人が望んでいるかどうかわからないけど」

そう前置きをした上で、さくら先生はぽんと膝を叩く。「辰巳ちゃんとは付き合いも長いしねえ」とつぶやくように言いながら。

「やれるだけのことはやってみようか。あたしの知るあやかし、みんなの力を集めてさ」

歌うようにそう言った後、さくら先生はふいに辰巳の目の奥を見つめた。

「もちろん辰巳ちゃん、あんたの力も必要だ」

7

「名付けて『桜の精を救え大作戦』だ」

さくら先生は胸を張ってそう命名し、作戦を決行する日時を告げた。決行日は今から三日後、場所はもちろん一本桜のあるあの神社だ。

しかし当日、蓋を開けてみれば「あたしの知るあやかし、みんな」などと言いながら集まったのはお馴染みのあやかしメンバーたちだった。

「……それにしても、何の捻りもないネーミングですねえ」

駆り出された鈴音が可愛らしい声で毒を吐いたが、水緒は神妙な顔をして黙っていた。

『さくらねこ』のスタッフたち――水緒と鈴音、それにミヨ子先生とさくら先生、辰巳を加えた総勢五名が神社の一本桜の前に集まった。

辰巳の姿を見つけた桜士が、体を半分だけ木から浮かせて弱々しく微笑んだ。また衰弱が進んだようだ――辰巳は緊張と絶望で足先がすうっと冷えるような感覚に陥る。

「……辰巳くん、ごめんねえ。この頃、これが精一杯なんだ」

桜士は桜の木に半分溶け込む形で、半身を浮かせ辰巳たちに手を振った。

「無理するんじゃないよ。なるべく楽にして」

水緒が桜士をその場から変に動かぬようにジェスチャーで押しとどめる。

「来てくれたんだね、水緒ちゃん……」

「喋るな！」

桜士が消耗するのを恐れてか、水緒は尖った声を出した。それを聞くと、逆に桜士はおかしそうに笑っていた。辰巳は水緒の気持ちがわかるだけに、半ば苛立ちながら見守っていた。

桜の木を一回りし、木肌に触れた鈴音は静かに口を開いた。鈴音とミヨ子先生は、桜士の状態を確認していたようだ。

「みなさんちょっとよろしいでしょうか？」

鈴音が右手を挙げて、集まった者たちをひとりひとり見つめる。

「この方が……植物霊の、いわゆる寿命で衰弱されているのか、それとも別の理由があるのか。今、ミヨ子先生と話し合っていたところなんです」

鈴音の発言に緊張が走った。ミヨ子先生も頷き、さくら先生を見る。

「うん……あたしも同じことを思ったよ。この子に取り巻く何らかの呪いの念、という可能性があるんだろう？」

さくら先生はそう言って、ミヨ子先生の目を見つめた。

「ミヨちゃん、何かわかるかい？」

「ええ……実は……」

ミヨ子先生は口ごもると、見る見るうちに幼女の姿になってしまった。頭のてっぺんに赤いリボンを結んだ、ミヨ子先生をそのまま子どもの形にした別形態。この姿で、ミヨ子先生はあやかしに向かい合うのだ。

「ちょっと気になることがあるので、見に行かせてもらってもいいですか？」

ミヨ子先生は、いつもの穏やかな口調とは異なる低い声でつぶやいた。

「ああ。気を付けるんだよ」

さくら先生が頷くと、幼女の姿のミヨ子先生は一本桜の中にずんぐりとした右手を差し入れ、そのまますするりと桜の幹の中に体を潜らせてしまった。くすぐったいのか、桜士は身をよじって笑った。

「あはは……そこまでしてくれなくても、大丈夫なのに」

僕はこのまま朽ちてしまっても大丈夫なのに――。

桜士の声にならない声が、辰巳の耳に届いてきた。辰巳は本能的にその声を拒絶する。胸騒ぎは収まることがなかった。

しばらくすると、ミヨ子先生の小さな悲鳴が聞こえてきた。

「ミヨ子先生!?」

「ミヨちゃん！」

みんなが叫ぶと、「大丈夫」という落ち着いた声と共に、赤いリボンの幼女が顔を覗かせた。

「これは大変、思った以上の数――」

そう言うと、ミヨ子先生は何故か困ったような笑みを浮かべた。

「どういうことですか、ミヨ子先生っ！」

思わず詰め寄ってしまった辰巳に、ミヨ子先生は落ち着かせるためかそっと手を握ってくれた。小さなミヨ子先生の手は温かかった。

「中に子どものあやかしがたくさん、この精霊さんと遊んで欲しくてひしめき合っていたわ」

「そ……」

困ったように微笑んだミヨ子先生の、表情の理由が辰巳にはわかる気がした。

(なんて、桜士くんらしいんだ)

「だけど、どの子も構って欲しくて集まっているから悪気はないの。ただ、数が多すぎて……結果的にこの精霊さんの力を弱めてしまっているのよ」

どうしたものかしらねえ、とミヨ子先生は苦笑した。いつもならば武闘派の水緒が「叩き潰すまで」と言い放つのだろうが、水緒は黙っていた。桜士の、子どものあやかしへの扱いには思うところがあった様子だ。

「……引っ張り出そう」

しばらく口をつぐんでいたさくら先生が決意を固めた表情で言う。「え」、とそこにいた誰もが声を上げる。

「でも結構な数よ……?」

心配そうに眉を下げるミヨ子先生に、さくら先生は珍しく優しい口調で答えた。頭のてっぺんで揺れる赤いリボンを指でちょんと弾く。

「みんなで手をつなぐんだよ。手をつないでひとりずつ引っ張り出す」

さくら先生は小さく息を吸い込み、言葉を続けた。

「なるべく優しい気持ちで受け取って外に還してやろう。手をつなぐのは、あたしたちの身を守るためでもあるし、子どものあやかしを安心させるためでもある」

途方もない数だろうが、みんなさくら先生の言葉に頷いた。粛々と指示に従い、任務を遂行するつもりだった。

「そしてそこから先は辰巳ちゃん、あんたの出番だ」

「はい……？」

辰巳は曖昧に頷いた。自分が名指しされる意味が、半分は理解できなかったが残りの半分の勘が知らせていた。

——私でなければできない何かがある、と。

「じゃあ、始めますね？」

ミヨ子先生が再び桜の木の中に潜っていくと、さくら先生の指示通り、みんなが手をつないでそこに待機した。

やがてずるり、という湿り気を伴って子どものあやかしが引っ張り出された。外の世界に怯え、震えているようなあどけないあやかしの手を取り、手から手へ引き渡していく。

「大丈夫」

「怖くないよ」

誰もがそう強く心に念じながら、数珠つなぎのようにあやかしを桜の木の外へと引っ張り出して言った。

出るわ出るわ、子どものあやかしの数珠つなぎの状態で、さすがにその数に誰もが呆れていた。

「こんなによくもまあ……」

水緒が思わず呻き声を漏らす。鈴音は可愛い顔立ちに冷笑を浮かべた。

「これだけ束になって来られたら、発揮できる能力もできなくなりますね。困ったお人好しさん」

(そういう男なんです)

辰巳は水緒と鈴音と手をつなぎながら、桜士の笑顔を思い浮かべていた。お人好しが過ぎる。そんなところが好きだった。

(好きだった？　何故、過去形なんだ。まだ、終わっていないじゃないか)

「これで全部です！」

ミヨ子先生の声が桜の内部からしたかと思うと、一際大きい子どものあやかしが木の外にまろび出てきた。

神社の境内に山になっていたあやかしは、単体の力は弱かったため、手をつないだまま念を飛ばして次々に消していった。

「まだだよ」

そのとき、桜の木に溶け込んでいた桜士の声が辰巳の耳に届いた。

「えっ……？」

あやかしを「還す」作業に追われていた辰巳は桜士の声のするほうへ顔を向ける。

「最後にまだひとり、残ってるんだ」

桜士は頑として言い張るが、ミヨ子先生は首を横に振る。

「あたしが確認した範囲ではもう誰も……」

辰巳はいつの間にか水緒と鈴音の手を離し、桜の木に近付いていた。桜士の言葉の真意を探ろうと顔を近付ける。

「辰巳くん、連れ帰ってくれるかい？」

ふいに伸びてきた両の腕に辰巳はしっかりと摑まれていた。男の辰巳でも抗うことができないほどの強い力だった。

そのまま辰巳は桜の木の内部へ引きずり込まれる。逃げてはいけない——辰巳は覚悟を決めた。

「……行っておいで」

途切れそうになる意識の中で、辰巳はさくら先生の声を聞いた。

8

(ここが、桜の内部なのか?)

固くつぶっていた目を開くと、広々とした空間に辰巳は立っていた。顔を上げると、遠くに神社の鳥居が見える。先ほどまでいた神社の境内を広くしたような空間だった。

誰の姿も見えない。

辰巳は左右に視線を向けた後、ゆっくり歩き出した。現実の神社とは違い、敷地内には色とりどりの花が植えられていた。やわらかい風が吹き、辰巳の髪を揺らした。風はあたたかく、頬を撫でる感触も心地よかった。

「桜士くん……?」

歩いていくうちに、何だかとても懐かしい気持ちになった。現実の神社と似ているが少し異なる空間。だが確かに以前に来たことがあるような気がしてならなかった。

(思ったよりものどかなんだな)

まるで一年中、ずっと春みたいな……。

辰巳がそんな印象を抱くと、「その通り」と背後で声がした。振り返ると、桜士がにこやかに微笑みながら立っている。

「桜の木の中は、いつでも春なんだ」

桜士の顔の色つやはよく、立っている姿も覇気が感じられた。少し前までの、溌剌《はつらつ》とした桜士がそこにいて、辰巳は安堵の余り少し泣きそうになってしまう。

「この中では僕は変わらず元気だから」

桜士は辰巳に歩み寄ると、そっと辰巳の手に触れた。温かみを感じる一方で、何かが手のひらに残されたような気がしてゆっくりと自らの手を開く。

そこには、手のひらに載るほどの小さな子どもがいた。

透明な膜に包まれ、ほとんど気体であるかのように軽い。辰巳は見たこともないその子どもの姿をまじまじと眺めた。

(これは子どものあやかし……ではなさそうだ)

辰巳が手のひらの上を見つめていると、透明な膜の中で子どもは縮めていた体を動かして向きを変えた。

(人間の子ども、のようにも見えるけれど)

答えを問うように辰巳は桜士を見つめる。桜士は穏やかな笑みを潜ませ、引き締まった表情になった。

「まだひとり残っている、と言っていたのはこの子のこと?」

桜士は重々しく頷いた。

「でも、その子は時期が来たらここから外に出るんだ……いわゆるあやかしではないかられ」

桜士は迷いながら、一言ずつ大切そうに言葉を発した。辰巳は桜士の表情と声音で、何か悲壮な覚悟のようなものを感じ取っていた。

「僕は、この子が世に出る姿を見届けられないかもしれない……そのときは辰巳くん、君が助けになってくれないか」

その一言で、辰巳は曖昧にではあったが並々ならぬ桜士の覚悟を察した。

あやかしは人間の数倍の寿命を持つ。その種類によっては半ば永久的に生きながらえる。しかし、自分が朽ち果てる瞬間を、人間より確実に予見する。

人間にも漠然とした死ぬ前の予感はあるようだが、あやかしにはもっと正確に予見できる運命が待っている。

残酷な仕組みだ、と辰巳は改めて感じる。自分なら予見した後にどんな行動を取るだろうかと考えかけて、目の前が暗くなる。

情けないほどに辰巳には同様の覚悟はなかった。

「……わかった」

辰巳が頷くと、手のひらの上の子どもはふいにかき消えた。

「ありがとう。安心したよ」

桜士は何度もそう言って、頷いた。表情は笑顔に戻っていたが、悲しみの影がふっと差し込むのを辰巳は見逃すことができなかった。

「では最後に、私の仕事をさせていただきますね」

辰巳は桜士に自分から少し離れるように言い渡すと、静かに両の手を合わせ、そして組み合わせた。

この地におわす鎮守様。一本桜の守り神様。惑える魂を安らかにお戻しくださいませ。

辰巳が一言一言に想いを込め、桜士と彼に守られる存在、桜の木の外でさまよえるすべてのあやかしに向けて呪文を放つ。

センダリマトウギソワカ。

そう口にした途端に、凄まじい風が吹いた。桜士は地面に伏せたが、辰巳は髪を風に洗われるままにそこに立っていた。

桜の木の外側で、一瞬にしてさまよえるあやかしたちがかき消える気配を感じ取った。息を呑む水緒たちの目の色まで手に取るように伝わってくる。


風が止むと、桜士は笑みを浮かべて立ち上がろうとした。辰巳は我に返り、桜士に手を差し伸べた。桜士は差し出された辰巳の手を、嬉しそうに取った。

「たった一瞬で静まったようだ。さすがだね」

桜士は感心しながら辰巳を褒めてくれたが、辰巳の心中は複雑だった。

辰巳の能力は、鎮めの呪文ですべてを吹き飛ばしてしまう。細やかな心配りや、対応を変えてやることもできず「力業」でねじ伏せる——そんな自分の能力を辰巳は誇らしくは思っていなかった。

「そんなことはありません……」

恥じ入るように辰巳が答えたとき、地面が揺れた。まるで辰巳たちが入っている箱庭全体を巨大なものの手によって揺らされているように。

「なっ」

「なんだ？」

辰巳と桜士が顔を見合わせると、大地を揺るがすほどの怒号が響いた。

「帰っておいで」

声、というよりは頭の中に直接響いてくるようなその音声に、辰巳は目暈を覚える。

こういう幻覚を使ってくるのは、あの人しかいない。

「さくら先生だ……」

荒々しいやり口に、辰巳は苦笑しながら振り向いた。

「さくら先生も呼んでるし、一緒に帰りましょう」

話しかけた辰巳の笑顔は、予想外に硬い桜士の表情を見てそのまま凍りついてしまった。

「僕はここに残るよ」

硬かった表情をやや緩めて、桜士は言った。口調には強い意志が感じられた。

「どうして？　だってもう体調は戻ったんでしょう？」

切羽詰まった声が出た自分に驚いた。食い下がりながらも、桜士の決意を変えることはできないとどこかでわかっていた。

「もう度々外の世界に出て行かなくてもいいと思うようになったんだ」

「何故？」

桜士はほんの束の間息を止め、確かめるようにつぶやいた。

「……未来に希望ができたから」

そう答えた桜士に、辰巳は言葉を返すことができなかった。辰巳の手のひらにほんのひとときだけ眠っていた小さな子ども――すぐにその存在を思い浮かべた。

「わかりました。じゃあ、私は行きますね」

長居をすると、帰れなくなる。精神的にも、桜に取り込まれるという意味でも、できるだけ急いでここから出る必要が辰巳にはあった。

くるりと背を向けて歩き出した辰巳に「時々コーヒーを飲みに行くよ」という言葉が降ってきた。

しかし辰巳は振り向かなかった。頷いただけで手も振らなかった。

歩いて行く道の突き当たりが、外界へ続いていることは光のまばゆさですぐにわかった。

「私が生きていくのは向こうの世界なんだ」

辰巳は誰にともなくつぶやいた。

残念だよ。

子どものように泣きながら桜士を引き留めたかった。しかし、桜士と出会えた過去や一緒に過ごした思い出が大切であることには変わりない。それに、人の形を取らなくても桜士は木の中で生きている。生きて、この地を守り続けている。

「いったんさよならですね」

辰巳はそう言うと、一すじの光の中に身を投じた。手を差し入れるとすぐに光の束が辰巳の体を包み、まぶしさのあまり目を開くこともできないほどで――。

＊＊＊

「辰巳さん！　辰巳さん……困ったな、起こさないほうがいいのかな」

耳元でつぶやく声で、辰巳は目を覚ました。事情がわからず、顔を動かすとそこは見慣れた『喫茶 叶』の店内だった。

辰巳は店内で一番座り心地のいいソファに腰掛けてうたた寝をしたまま、本格的に熟睡してしまったようだった。

心配そうに顔を覗き込んでいるのは、創士だった。

「勝手に入ってしまってすみません。あの……お店、今日はやってないんですか？」

おどおどと問いかける創士の声で、辰巳の頭は次第に回転し始める。体も左右に動かし、勢いをつけてソファから起き上がった。

あの時、一度別れた桜士に生き写しの優し気な顔が目の前にあった。

（また、会えたよね）

桜士の声が響いてきたような気がして、辰巳は懐かしさに目を細めた。すっかり覚醒したところで、辰巳は精一杯の笑顔を作る。

「いーえ！　そんなことはありません。絶賛営業中ですよ！」

辰巳が立ち上がって伸びをすると、創士はやや白い目で見ていた。

「……思いっきり休憩されてたように見えますが」

「休憩はしてましたよ？　確かに」

もう弱い自分はあの桜の木の中に置いてきた。辰巳は開き直って、自分の子ども――いや、孫よりももっと年下の若者に慈しみの視線を向けた。

「あの……」

創士は辰巳をからかうような口調をやめ、こちらの顔色を窺う。

「悲しい夢でも見ていたんですか？」

「え？」

目に涙が、と創士に目元を指差され、辰巳は何気なく目尻を拭った。創士に指摘された通り、涙が一滴、こぼれ落ちる。

「あくびですよ、あくび」

辰巳はそう言ってごまかすと、さっさと創士に背を向けカウンターの中に入ってしまった。

「ご注文はどうされますか？」

(大丈夫。いつも通りだ)

辰巳はそう思う。穏やかな笑みを浮かべ、自分で自分を鼓舞する。

結局桜士は、創士を通じて約束を守ったと言える。こうしてたびたびコーヒーを飲みに店を訪れるのだから。

「えっとそうですね……コーヒーと、何か軽い食べ物を」

はにかむように辰巳に告げ、創士は言葉を足す。

「これから仕事なんです」

「では、しっかり栄養をつけないといけませんね」

嬉しそうに笑って頷く創士に、辰巳は今はその姿を見ることのできない大切な友人の面影を見出していた。

(私は、何らかの助けになれているでしょうか)

「なるつもりですよ、これからも」

コーヒーの準備をしながら思わずつぶやいてしまった辰巳に創士は「何ですか今のは？」と訊ねる。辰巳は「何でもありません」と再びごまかした。

コーヒーの香りが立ち込めると創士は相好を崩した。

「いい香りだなあ」

「……この香りをかぐと、今日も仕事、頑張ろうって思えます」

無邪気に張り切るそぶりを見せる創士に、辰巳は知らず知らず目を細めていた。

「それは、よかったです」

辰巳はかつての自分とはまた形を変えた、しかし確かな思いを込めて、一杯のコーヒーを創士に差し出した。

(彼にいつか、大切な友人との思い出を伝えることができるだろうか)

それが誰よりも長い時間を生きる者の、使命のひとつなのかもしれないと辰巳は決心を胸に刻んだ。

「創士くん、お腹が空いたらいつでもここに来てくださいね」

辰巳がそう言うと、創士は不審そうに見つめる。しかし、その表情はまんざらでもなさそうに見えた。

「はあ。どうしたんですか？　急に」

照れたように俯いた後、創士はコーヒーを飲み始めた。

「……このコーヒーを飲むために、また近々来ると思います」

桜士の面影をとどめた創士がはにかむように笑うのを、辰巳は満足そうに眺めていた。


〈了〉

この物語はフィクションです。

実在の人物、団体等とは一切関係がありません。

この作品は二〇一九月四月に小社より刊行の電子書籍「キッズスペースさくらねこ～やっと決まった就職先は人外ばかりでした～」を改題し、加筆・修正したものです。

杉背よい先生へのファンレターの宛先

〒101-0003　東京都千代田区一ツ橋2-6-3　一ツ橋ビル2F
マイナビ出版　ファン文庫編集部
「杉背よい先生」係

ファン文庫

あやかしだらけの託児所で働くことになりました

2019年4月20日　初版第1刷発行

著　者　杉背よい
発行者　滝口直樹
編　集　山田香織（株式会社マイナビ出版）
発行所　株式会社マイナビ出版
〒101-0003　東京都千代田区一ツ橋2丁目6番3号　一ツ橋ビル2F
TEL　0480-38-6872（注文専用ダイヤル）
TEL　03-3556-2731（販売部）
TEL　03-3556-2735（編集部）
URL　http://book.mynavi.jp/

イラスト　pon-marsh
装　幀　佐藤千恵＋ベイブリッジ・スタジオ
フォーマット　ベイブリッジ・スタジオ
ＤＴＰ　富宗治
校　正　株式会社鷗来堂
印刷・製本　図書印刷株式会社

 ISBN978-4-8399-6979-0
Printed in Japan

Fan
ファン文庫

あやかし動物病院の診察カルテ

人間と動物、あやかし、それぞれ違うけど
大切に想う気持ちは一緒

新人動物看護師の梨々香はあやかしたちの力を借りて、
黒瀬動物病院に訪れる飼い主たちの悩みを解決していく——。

著者／一文字鈴
イラスト／秋月アキラ